城市片断

CHENG SHI PIAN DUAN

范小青
长篇小说系列
FAN XIAO QING

人民文学出版社

图书在版编目(CIP)数据

城市片断/范小青著.—北京：人民文学出版社，2015
（范小青长篇小说系列）
ISBN 978-7-02-010994-4

Ⅰ．①城… Ⅱ．①范… Ⅲ．①长篇小说—中国—当代 Ⅳ．①I247.5

中国版本图书馆 CIP 数据核字（2015）第 120647 号

责任编辑　包兰英
装帧设计　陶　雷
责任印制　史　帅

出版发行　人民文学出版社
社　　址　北京市朝内大街 166 号
邮政编码　100705
网　　址　http://www.rw-cn.com

印　　刷　北京季蜂印刷有限公司
经　　销　全国新华书店等

字　　数　166 千字
开　　本　680 毫米×1000 毫米　1/16
印　　张　15　插页 3
印　　数　1—5000
版　　次　2016 年 10 月北京第 1 版
印　　次　2016 年 10 月第 1 次印刷

书　　号　978-7-02-010994-4
定　　价　30.00 元

如有印装质量问题，请与本社图书销售中心调换。电话：010-65233595

目　录

第 1 章　夺园 …………………………………………… 1
第 2 章　豆粉园 ………………………………………… 22
第 3 章　绢扇厂 ………………………………………… 41
第 4 章　长洲路（一、二） …………………………… 57
第 5 章　长洲路（三、四、五） ……………………… 75
第 6 章　长洲路（六） ………………………………… 93
第 7 章　长洲路 ………………………………………… 106
第 8 章　乐园 …………………………………………… 123
第 9 章　旌烈坊 ………………………………………… 138
第 10 章　小巷 …………………………………………… 158
第 11 章　街头巷尾 ……………………………………… 171
第 12 章　会议记录 ……………………………………… 184
第 13 章　山清水秀楼 …………………………………… 194
第 14 章　档案 日记 笔记 ……………………………… 208
第 15 章　搬家 …………………………………………… 223

第1章 夺 园

　　茶馆是一个可以唱戏的地方,有一个舞台,虽然不大,却是一个像模像样的舞台。台前边的挂帘上写着四个字:歌舞升平;后面的帘上也有四个字:普天同庆。用紫红的绒布做的幕布,幕布已经是旧的了,但是仍然有点喜气洋洋的。台面是木板的,漆成紫红色,已经很淡了,中间的地方铺了一块地毯,让唱戏的人站在那里,如果是唱评弹,就坐在那里。茶馆里有几十张桌子,是那种方的不大的桌子,凳子有靠背,都是木头的,叫硬靠背,不是那种软的折叠椅。桌子和凳子排得比较密,这样可以多坐一些人。茶馆里有点拥挤,喝茶的人一边喝茶一边看戏,他们小声地稍微说几句话,不会影响到唱戏的人。也有一些人吃点瓜子,但吃瓜子的人不多。茶的热气在茶馆里散发开来,没有人穿梭在里边专门为他们添加茶水,都是他们自己服务的,这样茶馆里显得有些乱,七手八脚的样子,但是唱戏的人照样唱着戏,这是一种比较老的生活样子。也有人站在茶馆的外边看着,他们是经过这里的,或者是附近的人,他们看一会儿就会走开。也有人一直看下去,但是这样的人比较少,只有一个外地来的民工和一个瘦瘦的老人。

茶馆是一座老房子,它有自己的名字,叫知音轩。这个名字在匾上写着,不过一般的人不会注意,他们的注意力会被唱戏的声音吸引过去。

茶馆的外面有比较宽敞的走道和台阶,有一些人集中在台阶那儿,他们说着一些日常的话,他们是一些老人,也会拿出一副扑克牌来玩一玩。

一个妇女走过这里,又唱戏了,她说。

每天都唱的,坐在台阶上的老人说。

日子真是好过的,妇女说,吃吃茶,听听戏,她走过去,唱戏的声音从后面追着她。

茶馆的前前后后有一些古老的大树,大树上有些鸟在叫。因为有大树,茶馆这里的空气比较好,大家都到这里来坐坐,在唱戏的声音中他们说说话。有一个外地人停下来看看,唱戏,他说,这里在唱戏。

这里看戏不用买戏票,一个老人说。

只要坐下去泡一杯茶,另一个老人说。

噢。

茶有几种等级,价目表是这样写的:

绿茶:2元

碧螺春茶:10元

红茶:5元

另有:

咖啡

饮料

这里边的人不一定是演员,一个老人说。

谁都可以上去唱的,另一个老人说。

噢,外地人说。他是个年轻的小伙子,长得瘦瘦小小的,他和一些老乡一起到苏州来打工,住在鹰扬巷的工棚里。

茶馆门前的牌子写着:到季小玉处报名。季小玉是这里的负责人,她是街道里的一个干部,是一位阿姨。

也有专业演员的,一个老人说。

今天说书的就是大名鼎鼎的评弹演员,另一个老人说。

知音轩的门上贴着唱戏的规矩,星期二、星期五是专业演员专场演出,其他的日子都是老百姓自己唱唱。

徐凤良,外地人看着牌子念出这个演员的名字,徐凤良说书的声音正从舞台上传过来。

这王禹偁平常日脚喜欢写写弄弄,吟几句诗词出来。他本来不是我伲苏州人,那么到底是何方人氏呢?巨野。巨野?各位听众觉得蛮陌生,呒没听说过,这也不奇怪,不是各位孤陋寡闻,连我说书先生也要重新啃一啃老脚本……

嘻嘻,站在茶馆外面的外地人笑了笑。

《夺园》,一个老人说,今朝徐先生说《夺园》,拿手戏。

嘿嘿,外地人笑,嘿嘿。

很多人来看的,一个老人说,外国人也来的。

外国人听得懂吗?外地人说。

听得懂的,老人说,他们笑的。

说到东也肚里痛,说到西也肚里痛,上南落北肚里痛,周围四转肚里痛,男男女女肚里痛,老老少少肚里痛。唯有坐下来听书才勿痛,听白书耳朵才要痛。

这是《义妖传》第14回《散瘟》,说白娘娘帮许仙开药店,为了生意兴隆,散布瘟病,叫大家肚里痛,而说书先生说到这里,放个噱头,说那些立在那里听白书的要肚里痛。

不过像知音轩这样的书场,既然落地长窗全部打开的,有人立在走廊听听白书也无所谓的,反倒显得人气旺的样子。

这个巨野呢,原来就是山东呀。闲话说回来,山东也好,巨野也好,反正不是我伲苏州人。话说山东人氏王禹偁用功读书,考了进士,做了翰林学士,又做了一个"知制诰"。这"知制诰"念起来蛮拗口,曲里弯绕的,算是做什么的呢?原来是一个帮皇帝草拟诏令的官。这个山东人王禹偁王先生,做官做得蛮卖力,过了一段辰光,又升了一级,又做了一个"拾遗",右边的,叫右拾遗。这右拾遗呢,就是专门对皇帝进行规谏的,叫作谏官。不晓得是不是因为山东人的缘故,脾气蛮耿,性子蛮直,在朝廷里也敢大胆说话。王先生心想,既然叫我做谏官,我当然是要尽心尽责地谏,有什么就说什么,王先生就批评皇帝了。王先生说,皇帝啊,你虽然是皇帝,但不过你也有做错事体的地方,你也有做坏事体的时候,比方说,你什么什么是不对的,你哪桩哪桩是有问题的。满朝文武百官都吓煞了,哪里晓得皇帝他老人家今朝偏生蛮开心,蛮听得进,龙颜开了,笑眯眯,表扬王先生……

季小玉坐在后台的化妆室,准备上台唱戏的人都在这里等待。她们在自己嘴上涂一点儿口红,在脸上扑一点儿胭脂,不然在灯光下脸会显得特别黄,很难看的。也有男的,他们什么也不涂,就那么走到舞台上去唱戏。在这里唱戏是没有报酬的,戏装也要自己带来。他们一般都没有戏装,所以唱戏的时候就是便装。也有很少数的人去借了剧团的戏装来唱戏。

每天演出的时候季小玉很忙,她要帮唱戏的人泡好茶,嗓子不好的人,她要给他们吃一点儿胖大海,有的人心里紧张,她就说,不要紧张的,头一次总有点儿紧张的,唱几次就会放松了。

不过今天是星期二,是专业演员演出的日子,季小玉就比较空闲了。她听徐先生的书已经听了好多年,但是仍然听不够,所以她搬了一把凳子坐在走廊上,透过打开的长窗能够看到徐先生在台上说书,也能够照顾到外面的一些事情。

季小玉从前也是唱评弹的,后来倒了嗓子,到街道上做了干部。季小玉仍然是喜欢评弹的,到底是从小学起的,季小玉说,丢不掉的,几十年以前背的词,到今朝仍然记得的。

虽则联姻无聘礼,
未定花烛有批评。
此际果然遵父命,
大家羞涩不堪云,
面面相觑待怎生?

问不出隐情开不了口，
彼此相逢无一声，
岂非白白到园林？

　　这是长篇弹词《珍珠塔》，丫头采萍说服小姐下楼去看方卿，她父亲也要小姐下楼去问问方卿是否得中功名，小姐下扶梯，怕越礼，怕难为情，欲进又退，进退维谷。采萍又教小姐见了面如何说话，于是小姐就这样唱了。

　　季小玉的家，在苏州乡下的一个小镇上，那个镇叫黎里，是一个水乡小镇，"境内河道纵横，湖泊星罗棋布"，连它的名字也是水淋淋的。

　　黎里历史悠久。据《黎里续志》载，黎里应作蠡县，因越国范蠡大夫曾居于此，故名。

　　唐元和年间，黎里已成村落，原村落在今镇西北太浦河岸二盲子桥附近。因村南多黎花，故又名黎花里。

　　五代十国时，原村落毁于兵燹，居民南移至现镇区。

　　元时，黎里已形成集镇。

　　明成弘年间（1465—1505）黎里为邑巨镇，居民千百家，人口约四五千人，"百货并集，无异城市"。

　　《黎里志》载，本镇东西距三里半，周八百余里，居民稠密，瓦屋鳞次。沿街有廊，不需雨具……上岸多士大夫家，崇尚学术，入夜诵声不绝。镇之东曰东栅，每日黎明，乡人咸集，百货贸易。而米及油饼尤为多。舟楫塞港，街道摩肩，其繁华喧盛为一镇之冠。

——摘自《水乡古镇黎里》

季小玉小的时候,出行还不十分方便,多是以船代步的。在她七岁的那一年,有一只船开来了,这只船本来只是经过黎里,但是遇到大风,船停靠在黎里等了三天。后来季小玉说,这也是命中注定的,如果没有这只船,如果没有这场风,季小玉以后也不晓得自己会是什么样子的。

　　因为船不能开,船上的人上了岸,他们在镇上的书场住下来,书场立即挂出了牌子:笑王说《三笑》。

　　小镇上的人轰动起来了,他们才晓得原来船上来的是大名鼎鼎的评弹演员徐云尚和徐云珍。季小玉说,我后来才晓得他们在当时是那么的有名气,是苏州最响的响档,在上海滩也是很有名气的。那一天,季小玉坐在自家靠河的小楼上,她跟着母亲和外婆学刺绣,这时候那只船就靠岸了,船上下来一个漂亮的女人,穿着丝绒的旗袍,季小玉母亲的眼睛就盯牢她,再也放不开了。

　　季小玉的外婆发现女儿的眼光有些异样,就说,你看见谁了?

　　季小玉的母亲也不晓得自己看见的是谁,后来徐云珍做了季小玉的师傅,她才晓得她叫徐云珍。

　　季小玉的外婆也朝河岸边张望了一下,但是徐云珍已经走出了她的视线,她没有看见徐云珍,她看见的是走在后面的徐云尚。

　　那个是徐先生,外婆说。

　　你怎么认得徐先生,你怎么认得徐先生?季小玉的母亲仍然向河岸张望着,但是那里只剩下一只船,船家在船头上点火烧行灶,烟升起来了。

　　外婆笑眯眯的,她没有回答女儿的问题。

　　乾隆皇帝下江南,来到苏州,听过苏州的王周士说书,一听就听迷了,喜欢得不得了,回北京索性就把王先生带回去了,叫他

"御前供奉"。

王周士因为御前弹唱,身份提高了,名气也响起来了,后来他写了专门讲评弹的书叫《书品·书忌》。

书品:

快而不乱　慢而不断　放而不宽　收而不短
冷而不颤　热而不汗　高而不喧　低而不闪
明而不暗　哑而不干　急而不喘　新而不窜
闻而不倦　贫而不谄

书忌:

乐而不欢　哀而不怨　哭而不惨　苦而不酸
接而不贯　板而不换　指而不看　望而不远
评而不判　羞而不敢　学而不愿　束而不展
坐而不安　惜而不拼

大家蜂拥到桂馨书场去了。桂馨书场一直被称作"五台山"。五台山,就是五张台子,三个听客,门庭冷落,门可罗雀,有人走过探头看看,就听见叫"倒面汤水",嫌说书说得不精彩,听客就在下面大叫"倒面汤水"。但是今天竟然有徐云尚、徐云珍寻上门来,桂馨书场真是一跤跌在青云里了。

苏州评弹通常由一个人、两个人、三个人表演,俗称单档、双档、三个档等。评话以单档演出为主,双档极少。演员一人上台凭借一块醒木、一把折扇就能开讲。弹词最初也是单档演唱,演出所用乐器为三弦。乾隆时王周士,以及后来的陈遇乾、俞秀山、马如飞、王石泉等都为单档演出的弹词名家。至清末民初书坛才出现了两人合作演出的双档形式……

——摘自《苏州文化手册》

徐云尚和徐云珍本来是到上海去演出的,但是既然老天要他们在小镇上停歇几天,既来之则安之吧,他们也想得开的。徐云尚对徐云珍说,师妹呀,想想我们从前,也都是小镇上出生、后来走出去的人,如今事体做大了,专门跑大码头,乡下小镇难得再去了,我不晓得你思乡不思乡的。徐云珍说,师兄呀,我怎么不思乡呢?我连做梦都梦见老屋里的。徐云尚说,是呀,平常也没有机会到乡下走一走,现今机会来了,就不要放弃了。徐云珍表示赞同,她说,再说,风大不能开船,坐等着也是白等,不如摆开场子唱几场再说。两个人想法一致,说做就做,一边差人到上海去报消息,推迟日期,这边呢,就在小镇上挂出牌子开演了。

长篇弹词是苏州评弹的主要演出形式,艺人将书目分成若干回,每天一回,逐日连演。传统书目一般能演几个月,长则一年以上。

——摘自《苏州文化手册》

徐云尚被称作"笑王",他最拿手的就是《三笑》。他们起先只打算在小镇上说几天《三笑》,说到哪天天气好了,就要开船的,哪里想到小镇上难得有这样的响档来说书,大家轰动起来了,书场每天总是里三层外三层，挤得满满当当。听客追着徐云尚和徐云珍，总是徐先生徐先生，叫得十分尊敬，不像大码头的那些资格老的听客，听书大腿跷到二腿上，书是要听的，艺术享受也是要享受的，但是骨子里却是看不起艺人。艺人在他们面前，内心里总是有一种低三下四的心态，拿眼光看他们，也是一种巴结的意思。现在到这边小镇上，得到大家如此的敬重，心里是舒畅的。等到风停了，船家过来告诉，可以开船了，书场老板和听客都说，徐先生，我们难得听到你的书，我们难得的，徐云尚心里感动，答应说完全本《三笑》再走。

　　弹词作为一种通俗艺术，民间的艺术，在封建社会是不登大雅之堂的。虽然，所演出的弹词，尤其如苏州弹词，不只劳动群众、市民都喜爱，而且有不少上层人士、士大夫、文人雅士也喜欢以此作为消遣娱乐，但是，他们中的大多数人看不起这门艺术，认为是"贱业"，艺人只是他们的"玩物"。

　　　　　　　　　　　　——摘自《传统文化研究》

　　季小玉的母亲那些日子容光焕发，每天起来精心地梳妆打扮，然后牵着季小玉的手说，走吧。

　　季小玉就跟着母亲去听书了。

　　季小玉的母亲幻想着自己就是徐云珍，但是一切都已经来不及了，她想生活再从头开始是不可能的。

　　小玉，母亲牵着小玉的手，小玉，唱戏好听吗？

　　好听的，季小玉说，其实她听不懂的，好多年以后，她说，我那时候其实根本就听不懂，我是去看师傅的衣服的。

徐云珍的行头有好几套,在季小玉的心目中,这才是最好看的东西。在以后漫长的学艺生涯中,师傅会一而再再而三地告诉她人生的道理,如果没有真正的本事,行头再好看也只是绣花枕头,但从前季小玉是不能明白的。

母亲把自己的梦想放到季小玉身上,小玉,你要好好地跟师傅学呀。

好的,季小玉说。

母亲把季小玉送到船上,一枝竹篙撑开了河岸,船渐渐地离去了,母亲的身影越来越远、越来越小,季小玉终于看不到母亲了。

徐调是苏州弹词名家徐云志所创造的流派唱腔。徐调缓慢糯软,从容优雅,秀美清新,圆润明亮,又称迷魂调、糯米腔、催眠曲。

——摘自《苏州文化手册》

知音轩的舞台上,徐先生的《夺园》说得很热闹:

皇帝不表扬,日脚倒也蛮太平;皇帝一表扬,王先生就有点拎不清了,自我感觉好得不得了。以为天生本来就是可以大胆说话的,一说就说得不好收场了。你哪里晓得呀,这是朝廷,不是你茶馆店呀,你批评皇帝一次两次,碰着皇帝情绪好,让你侥幸蒙过关,若是你老是要批评皇帝,可就对你不起了。于是这个王禹偁王先生,日脚就不太平了,多次受到贬谪,后来皇帝索性对他说,啰里吧唆,不许你再在京城里做官,放到外头去做个什么吧。

有一年王先生就跑到苏州来做官了。王先生虽然出身于农家,但是做了多年的官,大概也免不了到处跑跑、看看,京城里也待过,也应该是见多识广,曾经沧海难为水,除却巫山不是云了。哪里想到,他到了苏州,看到了苏州的园林和风景,竟然惊呆了,竟然流连忘返了。他看了虎丘,说,"珍重晋朝吾祖宅,一回来此便忘还",把虎丘当作了自己的家了。他又去游太湖洞庭山,是秋天辰光,万顷湖光里,千家橘熟时,美不胜收的太湖景色,白相到天黑也不想回去,"平看月上早,远觉鸟归迟"。他又爬阳山访僧,和和尚谈谈说说,感叹蛮多,说"坐禅为政一般心"。意思是说自己做官要和做和尚一样安宁,不去骚扰民众。最后呢,王先生走到南园来了,王先生在南园转了转圈子,就不想走了,叫几个人到南园来喝酒,喝着喝着,终于忍不住想把南园讨来做自己的归宿了,吟出诗来说:"他年我若功成后,乞取南园作醉乡。"

王先生酒后吐真言。王先生不过到人家南园走走,看看风景,就想把南园讨过去了。但不过这个南园是万万讨不到的,南园是有人家的。你王先生不要说是一个被贬过的小官,就算是了不起的大人物,也不可以拿了租田当自产呀。

听众笑了,笑声传到外面,经过这里的人都要回头看看的,季小玉坐在走廊上,有人认得季小玉,季阿姨,他们说,忙呀。

不忙的,季小玉说。

这个知音轩修过了,他们说。

修过了,季小玉说。

吴宅这西落第二进的纱帽厅,本来也难免毁于一朝一夕的,幸亏当初居委会几个老头、老太太抢得早,霸进来。弄堂里的红卫兵造反派全是自己的儿子孙子,要来捣乱,老头子老太婆往门前一站,要拆要败,先从我们身上拆过去。倒也不是老头子老太婆觉悟高,懂得保护古建筑,实在是因为居委会多少年来没有一处像样的办公场所,好不容易占了这间大厅,再也撵不走他们了。

居委会占了纱帽厅,起先只做办公场所,后来开了一爿茶馆。茶馆开起来,清茶一杯嫌滋味不足,便请人来演唱苏州评弹,茶馆兼作书场。

——摘自《裤裆巷风流记》

知音轩是个大屋,隔成了三块,住三户人家,他们挤挤轧轧,经常要吵吵闹闹的。那一天季小玉远远地看到知音轩的飞檐翘角,她忽然就想起自己头一回上台时的情形,她觉得那个书场就是知音轩。那一年她九岁,师傅走在前面,她走在后面,走着走着忽然她就看见了前面一座大屋的飞檐翘角,她蹲下去,怎么也不肯走了。师傅骂她,她就哭起来,路上的人看着她,有的人在笑,师傅是有点生气的,师傅生气的时候脸也是很好看的,后来的事情她不记得了。但是这个飞檐翘角的大屋,这个大屋所特有的气息深深地印在她的心里,甚至弥漫了她的全身,以致一直到许多年以后,她一眼看到了知音轩的屋顶,记忆中的那气息就又回来了。

师傅已经不在了,季小玉也无法证实知音轩就是她当年死活不肯去的那个舞台。其实在苏州古城区里,像知音轩这样的大房子,从前开作书场的,是很多的。

  怡宛书场

  桂芳阁书场

  彩云楼书场

  仝羽春书场

  德仙楼书场

  ……

  上海四大古园林之一的"豫园",1964年已进行过一次规模较大的清理,把左宗棠、曾国藩等历史上镇压人民的刽子手的题字,以及为封建统治阶级歌功颂德的匾额碑碣等清除掉了。无产阶级文化大革命深入开展以后,又作了新的设计布置,增加了毛主席的诗词和语录。现在,红卫兵的革命行动进一步鼓舞了豫园职工的革命热情。他们在接待一批又一批红卫兵小将的同时,又进行了一次清理。他们说,我们要学习红卫兵彻底闹革命的战斗精神!当他们自己提出将"豫园"改名"红园"时,受到成千上万红卫兵的热烈欢呼。

——摘自1966年《文汇报》

  后来知音轩里的住户搬走了,知音轩恢复了本来的面目,就由季小玉来管理了。季小玉把知音轩开了一个茶馆,兼作演出场所,过来听戏的群众都晓得这是季小玉奔波辛苦得来的,他们说,季阿姨,幸亏你呀,季小玉说,这样的房子本来就应该是唱戏用的。

  我晓得他们喜欢的,季小玉说,我从前亲眼看到过他们对演员的关心和热爱。

  平时热爱评弹的书迷,因看不到演出,就到评弹团去参加批斗会。总算见到了日夜想念的艺人。目睹他们无辜被斗、被骂、被打,心有不忍,一边急得出汗,一边伤心流泪。更有几个忠实书迷,偷偷来到牛棚,要求慰问。"牛鬼"们不敢开门,他们就从窗户跳进去。有的从板缝中钻入。艺人们怕造反派知道又要挨斗,请求离开。可是门被锁了,板缝不能再钻,便由"牛鬼"们同心协力,将书迷们一一从窗户托出。

——摘自《说"浩劫"》

  徐云尚后来老了,退休了,他的故事被写小说的人了解了,就写了一篇小说,因为是写小说,是虚构的,所以把名字改了一改,把徐云尚改成蒋凤良。

  评弹老艺人蒋凤良退休以后就在家里歇息,每月五号到单位去领工资,大家见了,仍然很尊敬地称他为"蒋老师"或者"蒋先生"。有些小青年是蒋凤良离开以后才进团的,不认得蒋先生,就有人介绍这是蒋凤良蒋先生,然后总是要把蒋凤良先生形容一番,比如有"享誉中外""功力深厚",还有"脍炙人口"等等的说法。其实许多小青年虽然没有见过蒋凤良的面,但都是久闻大名、十分敬重的,所以小青年们也一律恭称为"蒋老师"。蒋凤良很开心,他有时候甚至想一个月的工资倘是分作两次发,或者分作三次四次发,都是很有意思的。但是蒋先生也明白他的这种想法不切实际,因为他现在虽然很空闲,但别人仍然是很忙的。不说其他的人,倘是一个月的工资真的分作几次发,财务上的同志做账就忙不过来了。

——摘自《清唱》

许多人都晓得季小玉的身世。季阿姨,他们说,说你从前也是唱评弹的。

是的,季小玉说,后来我倒嗓子了。

经过这里的人他们和季小玉打招呼,季阿姨,说书呀。

说书,季小玉说。

今朝说什么?

今朝说《夺园》,季小玉说。

噢,他们说了说话就走开了,听书的人仍然在里边听着,秋风轻轻地吹过了。徐先生中气很足的,他的声音可以传得很远很远,加上惊堂木一拍,很吊人的心境:

那么王先生看中的这个南园,到底是啥人造起来的呢?这个人也姓王,同王禹偶是五百年前一家门。这个南园王先生,倒是正宗苏州人,明朝辰光,也是做了官的,做御史。御史这官有多大,也不要去管他了,反正是朝廷里的人,在皇帝身边的,也就免不了争争斗斗、吵吵闹闹。这个王御史,原先在朝中大概也想有一番作为的,只是争来斗去,搞不过朝中权贵,官场失意。怎么办呢?有办法。此处不留爷,自有爷去处,愤然辞职,老子不干了。也可能是潇洒而去,挽一挽袖子管,再会再会,总之是回老家了。还是老家好呀,金窝银窝,不如自家的狗窝,何况老家哪里就是狗窝呢?一点儿不比你京城推扳的。这王御史虽是失意回来,铜钿银子多少还是有一些的,拿些出来,造它一座园林。做什么呢?不做什么,种种花儿,钓钓鱼儿,消消停停,养养老吧。至于这园林,该怎么个造法,造成个什么样子呢?王御史是有眼光的人,他选中的园址,不会是一块普通的地方,总是要风水地气十分的好,才能看得中。这地方最早是三国时郁林太守陆绩宅第,到东晋也是名人住处,再到唐代,大诗人陆龟蒙又住过,北宋时,又是一个做官人胡稷言在这里建了"五柳堂",接着他的儿子胡峄又建了"如村"。许多年毁毁建建,这地方仍然秀丽俊逸,清静雅致,以至于最后被出家人看中,成了大元寺,供了金身佛像。王御史回来故乡,这么大个苏州,东看西看不满意,偏偏相中这块地方,就毫不客气地拿来给自己造园了,这叫作虎死尚有余威呀。你一个王御史,不是已经辞职不做官了吗?不是已经失意失宠了吗?回到故乡还这么不讲道理呀,你要造园,和尚怎么办呢?统统赶走。烧香赶出和尚,金身佛像怎么办呢?移开。老脚本上讲,王御史在移佛像时,皆剥取其金,所以人称为剥金王御史。若真有其事,那么王御史比起比他早一千多年在此地落脚生根的陆绩来,好像就有点儿不上路了。陆绩为官清正廉洁,任满从广西回苏州老家时,两袖清风,一船空空,要走一段海道,陆绩唯恐船身太轻,易遭倾覆,便搬取一块普通巨石作镇船之物。此石运回苏州,置于家中留作纪念,为后人所称道,称之为廉石。

王御史剥金那时候想到陆绩,晓不晓得难为情呢?不过话说回来,今天的人,对从前的事,只是从书上看来看去,抄来抄去,从口头上说来说去,传来传去,到底谁真谁假,孰是孰非,也难以弄得很清楚了,此话说得远去了。话说王御史选定了园址,心中自是大喜……

茶馆外面的外地人,站得腿脚有点儿累了,他说,夺园,就是夺的南园吗?

你听下去,季小玉说,听下去你就晓得了。

我要走了,外地人说,到后边的大殿去看看。

南园后来归了王禹偁,旁边的一个老人说。

后来又被王御史夺回去了,另一个老人说。

是王御史的孙子夺回去的。

后来又卖给别人了。

后来又换了主人了。

嘻嘻,外地人笑了笑。

后来就不叫南园了,一个老人说。

改名叫豆粉园了,另一个老人说。

豆粉园?外地人嘀咕说,我听说过苏州有拙政园、网师园……

还有西园、留园,一个老人说。

西园、留园我也晓得的,外地人说,但是没有听说过豆粉园。外地人沿着茶馆绕了一会儿,慢慢地离去了。豆粉园,他说,没有听说过,豆粉园。

不要说,一个老人看着外地人离去的背影,不要说,我也没有去过豆粉园的。我也没有去过,另一个老人说。

苏州城里像豆粉园这样的小园很多很多的,它们都躲在很深的巷子里,又小又隐蔽,是不大有人晓得的。有关园林的书上有记载和介绍,但是一般的人也不大翻书的。这些小园就像一把散落在沙滩上的珍珠,时间长了,都被沙子埋起来了,人们也看不到它们的光彩了。

说书先生仍然在说着:

苏州好地方啊,平常日脚,约三两好友,在小城的街上转转,踏一路洁净光滑鹅卵石去,随便走走,就到了园林。苏州的园林真多,人道我居城市里,我疑身在万山中,叠石环水,莳花栽木,亭台楼阁精心布置得如同信手拈来,你看几片太湖石随意堆砌玲珑剔透,欣赏清灵的山水,体味平静的人生。走累了吗,好吧,我们到依街傍水的清幽的茶社里,用制作精细的小茶壶泡着清香的绿雪般的茶,品尝美味清爽的点心,清风轻轻拂面,清淡的日脚轻轻飘过,好一个清静悠闲的去处,好一块清新自然的地方呀。

如王禹偁般不是苏州人的人尚且对苏州这样痴迷,那许多从苏州走出去的人,每日每夜的故乡梦,做得多么的悠悠长长,也是可想而知的。或者科举登第的功成名就,年老归家;或者做了御史的官场失意,隐退回来;或者踏遍山河,又回到出发点,等于是昨天夜里的一场梦,今朝呢,回来了,醒转来了,干什么呢?重造一块山清水秀的地方修身养性以娱晚境,再辟一个自然清幽的角落,远离尘世静坐参妙,所以王御史回转来头等大事就是选址造园……

走掉的外地人又走回来了,他立在窗口又听了听,脸上笑了笑,啰唆的,他说,讲到现在,园子还没有造起来。

说书就是这样的,一个老人说。

说书就是野野豁豁的,另一个老人说。

豁出去云里雾里十万八千里。

到时候再收回来。

不是讲夺园吗?外地人说,园子不造起来,怎么夺法?

早呢,一个老人说。

一扇窗要讲三天的,另一个老人说。

话说王御史选定园址,心中大喜,开心得不得了,拿了潘安的一篇文章,说:"庶浮云之志,筑室种林,逍遥自得,池沼足以渔钓,春税足以代耕,灌园鬻蔬,经供朝夕之膳,牧羊酤酪,以俟伏腊之费,孝乎惟孝,友于兄弟,此亦拙者之为政也。"喔哟哟,听不懂了,让我来翻译翻译。说的什么呢?大概是说,算了吧算了吧,既然官场蹲不下去,不蹲也罢;既然从政从不下去,不从也罢。回老家来,寻一块地方,造个园林,就在这里边,浇浇园子,种点儿蔬菜什么的,比起在官场的争斗,这里可是清静多啦。从前做官时照顾不周全的事情现在也能照顾周全了,像尽孝道啦,对兄弟的友情啦,都能好好地做起来,一年四季,也不用愁什么,有的吃有的穿有的玩,有什么不好的呢?蛮好。所以,把浮云般不值得一提的志向抛开一边去吧,没有什么意思。像我这样的人,就以种种花呀养养鸟啦这样的生活代替从政的志向吧,从前在官场上恨天恨地,现在看起来,真正没有意思的。诸位听众,听听,听听,这个王御史,真是蛮想得开了,得道啦,出世啦,但是你再仔细一辨滋味呢,像是有点酸溜溜的,打翻醋缸了。假使你在官场蛮得意,哪会说自己是浮云之志呢?假使你狠巴巴狠过别人的头,恐怕也不愿轻易就退回老家的。即使老家有南园这般的好地方。再听听呢，又好像有点儿心有不甘的滋味，你看透了官场吗，看透了政治吗，看透了人生吗，看透了那边却看不透这边呀，报国无门呀，满腔的政治热情怎么办呢，往哪儿投呢，自己扑灭掉吧，于心不甘呀。想一想古训，读一读潘安，有了有了，转换过来吧，拿你的政治抱负移到了"造"园上来了，要拿个园林造得……怎么说呢，好极了，独具匠心，独树一帜，独一无二，独占鳌头，独出一只角……

苏州园林的主人，以官场遭贬、隐退回家的为数最多，所谓的"主人无俗态，筑圃见文心"。从前的人，极推崇"人品不高，用墨无法"的说法，正如今人所说文如其人。其实，文不如人，人不如文的大有人在，大有文在，这又是另外一个话题。只知道从前的意思流传至今，使今朝的人都相信，像苏州园林这般的神来之笔，平庸之辈是点不出来的，心境不平和的人是造不出来的，看不透功名利禄的人是筑不起来的，总而言之，俗人是不能和苏州园林沾边的。

嘻嘻。

嘿嘿。

在听众的笑声中，徐先生敲一记惊堂木，今日到此，明日请早，徐先生说。

大家就笑眯眯地慢慢地散开了。季小玉走过来，她把台子凳子摆好，扫扫地，有人帮她一起弄一弄，季小玉说，谢谢你们。

不碍事的，他们说，回去也是烧夜饭。

第2章 豆粉园

秋风渐渐地起来了,园子里的树开始落叶,叶子落在地上,铺出一层枯黄的色彩,旧了的小园,是一种凄凉的风景,留得残荷听雨声,在当年是一种意境,现在便是现实了。

老张在院子里走了走,他踩着树叶,听到松脆的声音。开始的几年里,老张是要扫落叶的,老张将落叶扫成一堆,点起火烧了,烟在小园里袅袅升起,老张拄着扫把站在这里,一块块乌青的砖就把脚下的小路延伸到园子的深处。后来时间长了,老张也不再去扫这些树叶了,下一场雨,它们就烂了,与泥土烂在一起,就变成了泥土。

看松读画亭的亭柱剥剥落落,上面的楹联却仍依稀可辨:

风风雨雨暖暖寒寒处处寻寻觅觅
莺莺燕燕花花叶叶卿卿暮暮朝朝

从前的人,真是有学问的,老张经常这样想。偶尔也有人到这个废旧的小园来看看,他们在园子里走一走,说一些从前的事情,也说一些现在的事情,多半是与这个小园有关系的。老张总是记得,多年以前,他留下来看守小园。

要看多长时间？老张问。

等一等,别人说,等到有人来看这个小园的时候。

来看小园的人来过了,又走了,又来过了,又走了,老张仍然独自一人守在这里。

是不是他们已经忘记了呢？老张常常这样想。

王家的人到哪里去了呢？老张有时候也这样想。

平常的时候,老张就坐在门口,这个门,是一个简单朴素的石库门,在一条曲曲折折又狭窄的小巷子最深的地方,门是不高的,围墙是很高的,黑的,老张坐在园子的门口,和邻居说说话,他在这里待了比较长的时间,有些东西,也慢慢地懂一些了。从前的有钱人,不像现在的有钱人,老张说,他们是不喜欢热闹,不喜欢和别人来来往往的。

噢。

他们也不喜欢张扬和炫耀自己有钱的,老张说。

噢。

慢慢的,普普通通的老百姓也晓得了这里边的一些道理。

这个地方是很僻静幽雅,离闹市遥远的,老张曾经听别人说过,在太平天国打到苏州的时候,他们想拿豆粉园做官府,但是弯弯绕绕进来很麻烦,他们就找到别的花园去了。

这样说起来,拿花园放在这种地方,倒是有好处的,他们说。

当然有的,老张说。

就太平得多了,邻居说,弯弯曲曲的地方,别人不喜欢的。

那倒不一定,老张说,也有人喜欢的。

比如王禹偁王先生,他就喜欢角角落落的地方,为了从王御史手里把豆粉园夺过来,王先生以千金同王御史的公子赌博,一夜之间,豆粉园就变成王禹偁的了。

说书先生也这么说的,老张说。

钱老先生拄着拐棍过来的时候,西晒的太阳总是落在大门的门楣上,老先生推开半掩的门,门是黑漆的,是沉重的,门柱在门臼中吱吱嘎嘎地响着,钱先生用手去抚摸门面上凸起的圆圈,他拍打一下古铜的门环,有一点沉闷的声音。

结庐在人间,而无车马喧,钱先生说。

嘿嘿,老张说,从前做官的人,喜欢躲在这个地方的。

钱先生原先在大学里教书,是有学问的,退休后又关在家里写了几本书,后来他从书上看到豆粉园,过来看看,看一看就不想走了,他每天都会过来坐一坐的,像上班一样的,也不写书了,也不做学问了。

你有这么多学问,老张说,不做也可以了。

豆粉园,钱先生自言自语地说,我一直想不明白的,怎么会叫豆粉园?为什么要叫豆粉园?我看过好多书,书上没有说法的。

豆粉园,老张说,嘿嘿。

从前是叫南园的,钱先生说。

南园是王御史造起来的,归到王禹偁手里,就改名叫豆粉园了,老张说。

不对的,钱先生便摇头了,不对的,他说,根本不对的,王禹偁是宋朝时候的人,王御史是明朝的,时光怎么会倒过去流呢?

说书先生也这样说的,老张说。

昏说乱话的,钱先生说,牛头不对马嘴。

大家笑了笑,钱先生也笑了笑,我进去走一走,他说。

冬瓜缠到茄门里,老张说,也可能是另一个王先生。

太阳又落下去一点儿了,白经理和小刘到豆粉园来了,他是来看地的,他想买豆粉园,在这里造楼房和别墅。

他们买了去,我怎么办呢?老张说。

钱先生仰头看着一扇窗,点一点头,又摇一摇头,他们仅仅考虑这一扇小窗,他说,就得花费多少心思。

现在的人简单了,老张说,现在的人做事情简单的。

现在是千篇一律的,千人一面,钱先生说。

钱先生是有学问的,老张说。

是有学问的,邻居说。

其实对园林我也不大懂的,钱先生说,只是看了几本书,加上自己喜欢走走,在苏州园林里的漏透窗,也叫月洞,这种能够看得见风景的窗,大概不下几千扇的,窗的图案式样,恐怕也不下几百种,你想想,如意、佛手、鹤、鹿、松、柏、秋叶、海棠、葵花、梅花、竹、牡丹、兰、菊、芭蕉、荷花、桃、狮子、虎……

白经理想做什么?老张朝园子里望了望,没有看到他们的身影,这么长时间也不出来。

还有苏州园林的园名、对联,钱先生说,都是有学问的。

园名:

　　进思尽忠,退思补过——退思园

　　红豆残啄鹦鹉粒——残粒园

　　拙者之为政也——拙政园

　　知足不求全——半园

沧浪之水清兮,可以濯我缨;沧浪之水浊兮,可以濯我足——沧浪亭

名园依绿水——依绿园

葵心向阳——向庐

还有轩亭楼阁:

《周易》乐知天命——知乐堂

杜甫"层轩皆面水,老树饱经霜"——面水轩

《庄子》庄子与惠子观鱼于濠梁之上——观鱼处

《爱莲说》香远益清,亭亭净植——远香堂

韦应物"洞庭须待满林霜"——待霜亭

苏轼"三峰已过天浮翠"——浮翠阁

李俊明"借问梅花堂上月,不知别后几回圆"——问梅阁

还有对联:

明月清风本无价　远水近水皆有情

素壁有琴藏太古　虚窗留月坐消宵

今日归来如昨梦　自锄明月种梅花

四壁荷花三面柳　半潭秋水一房山

蝉噪林愈静　鸟鸣山更幽

风篁类长笛　流水当鸣琴

曾三颜四　禹寸陶分

满天下的诗句典故信手拈来,钱先生说,放于此,都是恰到好处,举重若轻的。

钱先生等于是园林专家了,老张说。

什么都晓得的,邻居说。

苏州现存园林多为私家花园,所以不像皇家宫苑那样追求雍容华贵,而是讲究清静雅洁,在结构布局上,善于把有限的空间巧妙地组成千变万化的景致。

——摘自《苏州风物志》

苏州在经济文化上,远在春秋时的吴,已经有了基础,其后在两汉、两晋又有发展。六朝时江南已为全国富庶之区……除了上述情况之外,在自然环境上,苏州水道纵横,湖泊罗布,随处可得泉引水,兼以土地肥沃,花卉树木易于繁滋。当地产石,除尧峰山外,洞庭东西二山所产湖石,取材便利。

——摘自《苏州园林概述》

钱先生小时候,家里也有一座后花园。钱家曾是苏州的名门望族,钱先生的曾祖父钱祖康是清朝状元,做过大官,置下房产,称钱宅,花园就称钱园。

从前苏州这样的人家是很多的,这样的大房子、带有后花园的也多,顾颉刚先生曾经说过:"苏州城里有多少古老的大房子,曲折精妍,在等着新起的建筑师研究呢。"

苏州最长的一条街是偏近古城、直贯南北的护龙街。在东城同护龙街平行的长街有平江路和临顿路。我的家就在这两条路之间的悬桥巷内,东、北两面都给小河围绕着,东面隔着河便是平江路。从我家出来,跨过了北面河上的板桥就到达悬桥巷。在板桥以内,称顾家花园。这个地方是明末清初我们家的一座花园,因为种了许多山茶花,它的真名是宝树园。在太平天国时便被毁了。但我小时候还有一个方圆一亩多的池塘和几块玲珑剔透的假山石。我们家就在池的西边,是祖父在乱后重建起来的。但是我们的大厅却系园中故物,据懂得建筑的人说,厅上的青石柱础还是明朝的东西呢。

——摘自《玉渊潭忆往》

钱先生的祖父钱世泽从小生活于优厚的经济和文化环境,所以命中注定他也和他的父亲一样是要好好读书的。

从前苏州这样的人家甚多,有个二三百亩地,没有衣食问题,就集中到科举上去了。

练小楷、作八股文和试帖诗,父以此教,兄以此勉,每个读书人都希望他由秀才而举人、进士、翰林,一步步地高升。所以清朝一代,苏州的三元一人,状元多至十八人,有的省份还不到一个呢。

走进府学的明伦堂和北平吴县会馆的敬止堂,以及旧家的二门,看那重重叠叠的匾额,"状元宰相"咧,"父子会状"咧,"祖孙父子兄弟叔侄翰林"咧,真要看得头晕。这并不是

城市片断

苏州的青年特别聪明,只是环境好,引他们走上这条路。

——摘自《苏州的文化和历史》

钱世泽埋头读书,后来果然考取功名了,朝廷把他放到山东去做官,正好这时候,钱先生的父亲出世了。说起来这已经是钱世泽的第四个儿子,但是钱世泽抱着自己的小儿子在家里走来走去,左看右看,越看越欢喜,越看越满意,哪里也不肯去了,好在家里也没有人觉得钱世泽是应该到山东去做官的,苏州这么好的地方不住,跑到山东去,有毛病啊?他们说,连钱老状元也这样认为,既然功名已得,就是有出息的子弟,于是钱世泽就心安理得地放弃了前程,安心在家里吃吃白相了。

苏州这块地方,是最高度的农业文化,又是全国商业的交通中枢。所以,一家只要有了几百亩田或几十间屋,就一生吃不尽,不必到社会上去奋斗立业,更不必到外地去寻求生活的出路。一个孩子读书应举,只要得了科举,就可以做个乡里中的绅士,戴着顶子去见官员,全家和他的姻亲都满足了。如果想要出门去,像范仲淹这样,以天下为己任,大家就会笑他,他这个人仿佛不会死的。就是考中科举,到朝廷上做官,亲戚朋友们也要劝道:伴君如伴虎,何必去冒这个大危险,而且爬得越高,跌得越重。你现在有这点功名已经够了,再爬上去干什么?如果得不到科举,只在家里看看书,写写字,画画山水花卉,或者唱唱昆曲,听听说书(评弹),只管自得其乐,老辈们也就把他当作"佳弟子",不加责备。在这般情势之下,一个席丰履厚之家,经不起两传三传,消费数字超过了生产,就渐渐地没落下去了。旧家没落,自有新兴的代替。这新兴的大都不是土产,而是外方人挟了较雄厚的资本来做买卖的。例如一二百年以前,安徽人,尤其是徽州,来得真多,像出汪士溶的汪家,出潘祖荫的潘家,出吴大澂的吴家都是,他们先富后贵,占了各方面的上风。但是盛极必衰,他们的子孙也就踏上了苏州人的覆辙。近百年来,浙江、江西、广东、四川等省人也踏着安徽人的足迹而享受苏州的安富尊荣了。

——摘自《玉渊潭忆往》

钱先生的家世就是那时候开始走下坡路的。这也是难免,一家子那么多的人口,要吃要喝要享受,却没有进账,坐吃山空,钱家果然就慢慢地空了。到钱先生出世的时候,还勉强硬撑着,这是饿死的骆驼比马大,虎死尚有余威,空虽然空了,排场仍然是要讲的,架子仍然是要撑着的。

钱先生的母亲接连生了三个女儿,他的父亲有点生气了,他对太太说,你要是再生女儿,我就要娶姨太太了。这句话一说,钱先生的母亲就生下了钱先生,被大家传为笑谈。所以钱先生很小的时候,家里有用人背地里偷偷地叫他"吓生"。有时候老爷听到了,也不生气,反倒蛮开心的,笑眯眯地说,是这样的,是这样的。

钱先生满月的那一天,钱家热闹非凡,庭院里摆了几十桌酒席,又有牌局,又请戏班子来唱戏,轰轰烈烈的。

钱家四代同堂,状元老太爷、钱世泽、钱先生的父亲,还有小小的钱先生,被大家簇拥着。

有一个人看到天上划下一颗很大的流星,他说,不晓得哪家人家要败落了。

很可能就是钱家。

> 小品添案之精巧,庖工一人,仅可装三四品,一席之盛,至数十人治庖,恐亦大伤古朴之风也。
>
> ——摘自《阅世编》

现在钱先生坐在豆粉园的门口,他回忆着往事,我们家从前也有花园的,不过我已经不记得了,花园卖掉的时候,我六岁。

后来呢,老张说。

钱宅和钱园后来归了刘老太爷,刘老太爷脾气毛躁,火气很大,日本人来的时候,他已经很老了,又气又恨,便中了风,寸步难行,无法出去了解情况,只有向子女打听,每天在家里大骂日本人,骂着骂着,一口气就上不来。子女既怕老爷子气死,又怕被人听见告了密,引来杀身之祸,便编出谎话来骗他,今天说日本人败退了,明天说日本人逃走了,后来说日本人投降了,说得老爷子心情好起来,要到后花园去散散心。哪知子女坚决不允,将去后花园的门封闭堵死。老爷子本来是倔脾气,哪里肯罢休,趁子女不在时,一个人摸到后花园,老眼昏花,透过漏窗一看,竟然看见满花园穿黄衣服的日本人窜来窜去。原来他的后花园早已被日本人占领,老爷子大叫一声,跌倒在地,闷了半天,实在是于心不甘,爬了起来,憋下一口气,熬到半夜,颤颤巍巍点了一把火,放火烧了后花园,刘老太爷自己也同归于尽了。

啧啧,老张说。

白经理和小刘走了出来,小刘向老张挥挥手,转向白经理说,这是老张,他一直在这里看守小园的。

噢,白经理说,辛苦你。

不辛苦的,老张说。

老张是很忠于职守的,小刘说,好多年一直在这里。

噢,白经理说,等我造了豆粉别院,仍然请你做事的。

做保安了,邻居说。

物业管理,白经理说。

他们慢慢地走远了,仍然能够听到白经理的声音。

会不会真的?老张说,白经理来过好几次了,外国人也来过的。

方方面面,还要做工作的,白经理对小刘说,他笑了笑,前些年,日本人要一个兵马俑,交换的条件是帮我们修一条路,也没有同意的,其实——

嘿嘿,小刘笑了笑,拿你买一个豆粉园的钱,他们可以修复好几个豆粉园的。

白经理是关心这些事情的,最近他注意到了关于《百年敦煌》,正在引起一场大的争论。

有一篇文章介绍说:

一些老专家愤怒地说,王道士明明是卖国贼,斯坦因和伯希和是来掠夺敦煌文物的,怎么成了功臣?著名考古学家、北大教授宿白说,这个案无须再翻,斯坦因是个英国特务。要不他到敦煌、新疆,又测绘又搜集地图干什么?谁能说王道士保护和维修文物?他把洞门打开了,把东西都卖了,破坏比所谓的保护要大得多。说他不懂,不懂就可以卖国家珍宝吗?

但是,南京大学教授高国藩日前对记者说,王道士在保存敦煌文物上犯了许多错误,但是他在保护石窟上的确尽了努力。关于斯坦因,高教授说他不像日本的探险家桔瑞那样野蛮发掘和破坏珍贵文物,也不能将斯坦因简单地说成是"强盗",他是在蒋孝琬师爷的帮助下被引到藏经洞挑选文书经卷的,没有这位国学基础深厚的"顾问",斯坦因不可能取得这么大的成就。

很有意思的,白经理说,小刘,你有没有注意过这方面的讨论?

我看过报纸的,小刘说。

你对斯坦因怎么看?白经理说。

我说不清楚,小刘说。

一方面,说他是掠夺敦煌文物的强盗;另一方面,认为他是把文化当作全人类财富对待的,他是把自己的一生用在人类考古事业上的,连老婆也没有讨。白经理说,我在新疆克孜尔千佛洞看到许多壁画被外国人铲走了,听说在英国的博物馆里,都完好如初地保存着的。

所以有人说,如果当年不是斯坦因拿走,这些东西早就没有了。小刘说,这种说法早几年是根本没有市场的,但是近些年来,市场越来越大了。

都是卖国贼腔调了,白经理说。

他们一起笑了笑,穿过窄窄的巷子。

白经理和小刘的身影消失在巷子的尽头,老张给钱先生泡一杯茶,他说,我是服帖钱先生的。

嘿嘿,邻居笑眯眯地看着他。

别看我这样,老张说,我没有文化的,但是叫我服帖的人也不多的。

钱先生望着豆粉园里的某一处,总是看不够的,钱先生已经很老了,他的拐棍嘀咯嘀咯敲打在青石小路上。你看看,你看看,钱先生举起拐棍,东指一指,西指一指,你看看从前的人,这么一小块局局促促蹩蹩角角的地方,点缀得天地无限,所以叫柳暗花明的。

螺蛳壳里做道场,老张说,从前的人是会做的。

从前的人有了钱,就造这样的地方住住,邻居说,蛮舒服的。

其实也不一定非是有钱人,陈从周教授的文章说:

士大夫固然有财力兴建园林,然《吴风录》所载,"虽间阎下户亦饰小山盆岛为玩",这可说明当地人对自然的爱好了。

录词一阕:

江城子　盆中梅

年年腊月见冰姑,玉肌肤,点琼酥。不老花容,经岁转敷腴。向背稀稠如画里,明月下,影疏疏。

江南有客问征途,寄音书,定来无。且傍盆池,巧石倚浮图。静对北山林处士,妆点就,小西湖。

这是称赞树桩盆景的。

苏州有一位先生,是周瘦鹃周先生,钱先生说,他家里有很多盆景的。

我晓得的,是有周瘦鹃的,邻居说,他是盆景专家,后来"文化大革命"来了,他跳井自杀的。

哦,老张说,我倒没有听说过。

从前周瘦鹃说:

我是爱花如命,一日不可无花,除了有一大片万花如海的乱绿围成的小园地和千百个大大小小的盆景欢迎广大群众随时登门观赏外,爱莲堂和紫罗兰厅、仰止轩中还在终年不断的举行瓶供石供和盆景展览,随着时令会经常调换展品,力求美善,务使观众乘兴而来不要败兴而去,我是作为一项重要任务来认真对待的。此外我又利用卧房含英咀华之室的窗槛展出一批小型的盆景。

我每天在这里阅报读书,眼睛花了,就停下来看看这些展品中的蒲石和小竹。写作告一段落时,就放下了笔,看看那几个山水盆景,神游于明山媚水之间。一日三餐,我也是在这里独个儿吃的,边吃边看那些五色缤纷的瓶花,似乎增加了食欲。在我座处的右旁,有一座熊猫牌的六灯收音机,我天天收听各地广播电台的文娱节目,边听边看盆景,真所谓"极视听之娱",心情舒畅极了。在我座后的粉墙上,贴着一张《毛主席在天安门上》的彩色年画;右边一座电唱机上,供着一架版画的毛主席半身像;左边的一张旧式书桌上,供着一尊毛主席全身石膏像。

苏州人是喜欢这样的,老张说,弄点花花草草,在园林里吃吃茶。

是的呀,邻居说,苏州人喜欢安逸的,喜欢太太平平蹲在屋里,不与人家争长短的。

  弘治时,葑门外卖菱老人,性直好义,有余施济贫困,后与人争曲折不胜,自溺于觅渡桥河中。
          ——摘自《吴门表隐》

因为与人争,争不过人家,也许是非被歪曲了,也许老人是被冤枉了,也许理在老人这边,而世人偏说他无理,总之老人没有争得过别人,一气之下,投河自尽了。这般的刚烈,这般的激烈行为,使人怦然心动,为之肃穆,为之长叹。

这也是苏州人。

只不过,毕竟这是苏州人中的少数,若苏州人人如此,若苏州人受了冤屈,被人欺负了,个个都以死抗争,以死明志,那么在苏州的史书上,恐怕也不一定去记载这么一个无名无姓的卖菱老人。

只是,大部分的苏州人,他们不是这样的,他们性情平和,与世无争。比如明代画家沈周,就很好说话,他的画出了名,求画的人很多很多,每天早晨,大门还没有开,求画人的船已经把沈家门前的河港塞得满满的。沈周从早画到晚,也来不及应付呀,即使沈周外出,也有人追到东追到西地索画,所谓的"履满户外"。沈周实在来不及了,又不忍拂人家的面子,有时候只得让他的学生代他画,加班加点,才能应付。这样一来,假画也就多起来,到处是假沈周,沈周看到了,听说了,也不生气,甚至有人拿了假沈周画来请他题字,他也笑眯眯地照题不误。有一个穷书生,因为母亲生病,没有钱治病,便临摹了沈周的画,为了多卖几个钱,特意拿到沈周那里,请他写字,沈周一听这情况,十分同情,不仅题字加印,还替他修饰一番,结果果然卖了个好价钱。号称"明代第一"的沈周如此马马虎虎稀里哗啦好说话,按照现代人的看法,这实在是助长了歪风邪气,支持了假冒伪劣,是法盲,但沈周就是这么一个人呀。

——摘自《我佛闻之微动容》

嘿嘿,老张笑笑,人家都说,江阴强盗无锡贼,上海乌龟苏州佛。

惭愧惭愧,钱先生说,苏州人是聪明的,我不跟你官场上见,打不过你我就走,走到家里去,躲起来,你能奈我何?我躲在家里干什么呢?我造园了,我作画了,我写诗了,我干的事情,比你一个做官的,更能流芳百世。

噢,老张说,噢。

其实,他们心里是不得安逸的呀,钱先生说,当年,王御史最要好的朋友说,王御史,你呀,其实是身在江湖,心存魏阙,所谓的"回首帝京何处是,倚栏唯见幕山苍"。

啊?老张没有听懂,但是他晓得钱先生讲出话来总是有道理的,所以老张点点头,是的是的,他说。

钱先生每天都到豆粉园来转一转,他出门的时候,他家巷子里的人会和他打招呼,钱先生走了?他们说。

走了,钱先生说。

你比上班还准时呢,巷子里的人说。

钱先生笑了一笑。

钱先生来到车站,上了公共汽车,售票员也认得他的,她说,老伯伯去呀?

去,钱先生说。

雷打不动的呀,她说。

钱先生笑一笑。

汽车到站的时候,售票员说,钱先生慢走。

明天会,钱先生下车后仍然在站台上等候,他要换乘另一辆车再往前走,坐三站,钱先生下车,往南就是长洲路,豆粉园在长洲路的角落里。

钱先生来了,长洲路的人也认得钱先生了。

来了,钱先生说。

今朝早一点的,他们说。

也不算太早,钱先生说,我是差不多时间出来的。

钱先生在回去的路上碰到一个熟人,钱先生停下来和他打招呼,他也认出了钱先生。

是钱老师,熟人说,他好像有些惊讶的,一直是疑疑惑惑的,他说,钱老师,你身体好了吗?

身体一直是那样的,钱先生说。

那你现在,熟人又犹犹豫豫,那你现在,也不去医院的?

不去的。

不打针的?

不打。

不吃药的?

不吃。

那,怎么样呢?

就这样的。

其实,熟人心里有些难过,他好像说不出话来,但仍然是要说的,其实,他说,有人练气功的。

我没有练,钱先生说。

也有人,熟人说,也有人找到偏方。

是的,钱先生说。

你没有去想想办法?熟人说。

没有,钱先生说。

那,熟人又不知说什么好了,停顿了一会儿,他说,那,钱先生,你现在做什么呢?

到园林去兜兜,钱先生说。

每天去兜兜?

是的。

哪个园林?

豆粉园。

豆粉园?熟人想了想,没有想起来,在哪里的?

在长洲路。

噢,很远的,熟人说,你怎么去呢?

坐公共汽车,钱先生说。

要转车的,熟人说。

要转车的,钱先生说。

熟人今天有点恍恍惚惚的,钱先生走了以后,他仍然站在原地,看着钱先生离去的方向。

天色渐渐地暗下来,深秋的天气有一些寒意了,老张打了一个喷嚏。

有人牵记你了,邻居说。

谁会牵记我呢,老张想了想,要么是钱先生。

傍晚的时候,隔壁绢扇厂下班的铃声响了,树上的鸟飞起来叫唤了一会儿,又落到枝头平静了。

烧夜饭了,老张说。

烧夜饭,邻居说。

第 3 章　绢 扇 厂

蒋爱宝扎两根小辫子,穿着一件旧的黄军装,腰里扎一根皮带,她在厂里跑来跑去,年纪轻得很。厂长被人家赶回去了,副厂长也赶回去了,蒋爱宝那时候成天就唱歌:我们共产党人好比种子,马克思主义的道理千条万句,你们青年人朝气蓬勃等等。

    支持红卫兵革命行动　同红卫兵一道闹革命　武汉市改换一批街道学校工厂商店名称
  一元路改为红卫一路,兰陵路改为延安路,生生印刷厂改为人民印刷厂,谦祥益百货商店改为工农兵百货商店。
          ——摘自 1966 年 8 月 26 日《湖北日报》

街道的人在开会,有一个人说,一个厂没有厂长也不好的。
是不好的,另一个人说。
那么大家说说,叫谁做厂长呢?这个人又说,要出身好的,要年纪轻的,要有革命干劲的。
后来他们便想到了蒋爱宝。

嘻嘻,那么我做什么呢?蒋爱宝想了半天,她不晓得厂长应该做什么,她有点难为情,街道的人告诉她,头等的大事就是批斗厂长。

这个恐怕不来事的,蒋爱宝说,师傅要骂我的,师娘也要骂我的,师傅还要打我的。

太好了,他们说,这是考验你的关键时刻,你是忠于毛主席,还是忠于"走资派"?

我要忠于毛主席的,蒋爱宝说。

一天夜里,狂风呼啸,暴雨滂沱。挂在哨所墙上镶着毛主席像的镜框被风吹得乱晃。战士马绍君发现后,想起了英雄们为了保卫毛主席、保卫毛泽东思想,在狂风恶浪里抢救红卫兵的高大形象,于是就忍着风吹雨打,用手扶住毛主席像的镜框,使毛主席像在狂风中依然屹立不动。第二天,雨过天晴,灿烂的阳光照耀得万山红遍。马绍君对着毛主席像,无比兴奋地说,哨所里的望远镜,观察敌情是有距离和有限度的,光焰无际的毛泽东思想这个政治上的望远镜,是威力无限的。

——摘自1968年1月6日《大众日报》

那时候蒋爱宝和其他人一起来到厂长家里,他们敲了门,厂长来开门,厂长的儿子五岁,笑眯眯地看着蒋爱宝,姐姐,姐姐,他说,姐姐来了。

师傅,蒋爱宝说,我们来了。

厂长看到外面的卡车,就走了过去,我爬上去吗?他说。

卡车是借来的,厂长爬到卡车上去,小孩子跟在车子后面,姐姐,姐姐,他说,我也要去玩。

  小孩子也爬到卡车上去了,他趴在车板上,开开心心地看着马路两边的风景。

  哭哭笑笑,买块方糕,
  方糕甜,买包盐,
  盐末咸,买只篮,
  篮末漏,买斤豆,
  豆末香,买块姜,
  姜末辣,买只鸭,
  鸭末叫,买只鸟,
  鸟末飞,买只鸡,
  鸡末啼,真稀奇,
  扯旗扯到虎丘去。
  ……

小孩子念念有词:

  抗铃抗铃马来哉,
  隔壁大姐转来哉,
  买点啥格小菜,
  茭白炒虾
  ……

  小死人,你独是想吃,厂长说。

马路上的人看见卡车上有一个小孩子,他们笑了笑,嘿嘿,一个小孩子。

他们拿一块很重很大的木板,给厂长挂在头颈里,上面写着厂长的名字,还打了一个大的叉叉,厂长说,喔哟哟,太重了,太重了,头颈要挂断了,厂长是龇牙咧嘴的样子。

嘻嘻,小孩子高兴得又叫又跳,我也要,我也要,他嚷嚷说,爸爸,为什么不给我玩?为什么不给我玩?

小死人,厂长说,我头颈都要挂断了,你还拍手拍脚开心。

小孩子找到一支墨笔,在自己脸上画了两道八字胡,他把面孔伸到蒋爱宝面前,笑眯眯地叫蒋爱宝,姐姐你看,像不像日本鬼子?

哎哟哟,哎哟哟,蒋爱宝说,笑死我了,笑死我了,我的肚肠要笑断了。

一日,见人说"北京扇子好卖",他便合了一个伙计,置办起扇子来。上等金面精巧的,将作礼物,求了名人诗画,免不得是沈石田、文衡山、祝枝山拓子几笔,便值上数两银子;中等的自有一样乔人,一只手学写了这几家字画,也就哄得人过,将假的当真的买了,他自家也兀自做得来的;下等的无金无字画,将就卖几十钱,也有对合利钱,是看得见的。拣个日子装了箱,到了北京。岂知那年北京自交夏来,日日淋雨不晴,并无一毫暑气,发市甚迟。交秋早凉,虽不见及时,幸喜天色却晴,有妆晃子弟要买把苏做的扇子袖中笼着摇摆。来买时,开箱一看,只得叫苦。原来北京历涉,却在七八月。更加目前雨湿之气,斗着扇上胶墨之性,弄做了个"合而言之",揭不开了。用力揭开,东粘一层,西缺一片,但是有字有画,值价钱者,一毫无用。只剩下等没字白扇,是不坏的,能值几何?将就卖了,做盘费回家,本钱一空,频年做事,大概如此。不但自己折本,就是搭他做伴,连伙计也弄坏了,故此人起他一个诨名叫"倒运汉"。

——摘自《巷陌趣事》

有一天,有一个人到蒋爱宝这里来揭发毛头了。毛头是反革命,他说,毛头把毛主席像当扇子用,用过了还丢在厕所里。他把那张报纸交给蒋爱宝,报纸上是毛主席的照片。

蒋爱宝把毛头叫过来,有没有这回事情?蒋爱宝说,毛头你老实坦白。

有的,毛头说,我老实坦白,我是拿毛主席像当扇子用的,因为毛主席是人民的大救星。人民热,毛主席肯定要关心,要让我们不热。所以我想,拿毛主席的照片当扇子扇扇,毛主席不会有意见,说不定毛主席还开心得不得了呢。

你怎么晓得毛主席会开心得不得了?人家问他。

不相信我们去问毛主席,毛头说。

你不要扯开去,蒋爱宝说,那你为什么用过了不带出来放好,要丢在厕所里?

我是想让大家都风凉的,毛头说,毛主席教导我们,只有解放全人类,才能真正解放无产阶级自己。我想到了我们的阶级弟兄,我上厕所热,人家上厕所也热的,都是阶级弟兄,要风凉大家一起风凉,有福同享,有难同当的。

去去去,蒋爱宝说。

毛头走了。蒋爱宝对那个人说,以后这种不着边际的事情少啰唆。

我是革命警惕性高的,他说,你应该表扬我的。

表扬你的,蒋爱宝把毛主席的照片拿起来,也扇了扇,她说,表扬你的。

光口头表扬呀?他说。

你要怎么样呢?蒋爱宝的眼睛一直盯着毛主席的照片。

我要做学习小组长的,他说。

你为什么要做学习小组长呢?蒋爱宝仍然看着毛主席的照片。

我家的小孩子一直看不起我的,说我没有本事,做了小组长,我就硬气了,我要叫他们看看我的本事,他说,我要叫他们晓得,我——

咦,咦,蒋爱宝突然说,这不是一个现成的好办法吗?

什么?他有点莫名其妙,你说什么?

假如在绢扇上印毛主席的像,蒋爱宝说,扇子肯定好卖的。

他挠了挠头皮,咦,他说,是个好办法呀,谁想起来的?

我,蒋爱宝说,是我。

好的,好的,再印上毛主席语录,他说,这样我们大家时时刻刻都能想到毛主席的,连上厕所的时候,也有毛主席的教导了。

他们的绢扇果然畅销得不得了,一时间找上门来要货的人把他们的门槛都踏破了,厂里的地方太小了,原料也堆不下,产品也堆不下,堆在露天,下雨的时候蒋爱宝急得吃不下饭,睡不着觉了。

蒋爱宝打着伞,在厂里走来走去,她走到倒塌的围墙边向那边看看,那里是豆粉园,荒荒凉凉的。有两个小孩子冒着雨在翻砖头抓蟋蟀,纺织娘叫了叫,又停了,乐耕堂和问梅轩都空空荡荡。

蒋爱宝走回车间里,跟大家说,我们把原料放到隔壁的园子里吧。

那里是豆粉园,有人说。

反正现在没有人住,也没有人管,也没有用,蒋爱宝说。

豆粉园成了他们的仓库,一直到1981年。

1981年,匡亚明和吴黎平写了一篇文章《古老美丽的苏州园林名胜亟待抢救》登在上海的《文汇报》上,大声疾呼"救救苏州"。

他们写道:

　　古城苏州系春秋吴王阖闾时建成,距今二千四百九十余年,留有异常丰富的文物古迹,是闻名遐迩的文化古城。

　　这里历来是文人荟萃之地,全城遍布具有我国特色的园林风景,向有"江南园林甲天下,苏州园林甲江南"之称。

　　丰富多彩的自然景观和历史悠久的名胜古迹,使苏州自唐代以来,逐渐形成为一座著名的园林风景游览城市,四方来游者都赞赏不已,誉为"人间天堂"。

他们继续写道:

　　最近我们对苏州做了二十多天的调查,看到它遭受了严重的触目惊心的破坏,苏州必须紧急抢救!

　　由于受"左"的思想的影响,发展经济和城市建设未能从苏州的历史特色出发,以致不少园林、名胜等被工厂企业所侵占,使这座历史文化古城发生了"建设性的破坏"或"破坏性的建设",做了很多令人痛心的蠢事。特别在十年内乱中,苏州遭受了一场大的灾难,古典园林、文物古迹和风景区被肆意破坏……

但是由于欠债太多,加上对苏州城市的性质、任务的认识不够明确统一,措施不够有力有效,所以对苏州严重破坏未能得到应有医治,有的还在继续进行,突出地表现在以下三个方面:一是不少古典园林、风景名胜被鲸吞蚕食,遭到严重破坏;二是环境严重污染,天堂遭受侵害;三是郊区狭窄,市政建设和公用设施严重落后,使苏州城里呈现一片乱、挤、破现象。

扇厂放在豆粉园里的原料和乱七八糟的东西都要搬走的,蒋名爱宝咕咕哝哝啰里吧唆,他们就对她说,快点搬吧,不搬走你有罪的。蒋爱宝说,我没有罪的,我是有功的,你们要奖励我的。从前蒋爱宝在豆粉园里,到处都贴了毛主席的语录:

齿轮

螺丝钉

还看今朝

不拿群众一针一线

没有文化的军队是愚蠢的军队,而愚蠢的军队是不能战胜敌人的。

红卫兵看见毛主席的语录,他们就不能砸这些东西,蒋爱宝说,是我保护下来的。

那些红木桌椅根雕家具呢?

搬到厂里用用吧,蒋爱宝说,毛主席说古为今用的。

蒋爱宝有一幅字,是著名的书法家仇翁给她写的,抄录陆游的两句诗:

吴中近事君知否
团扇家家画放翁

仇翁老人家已经过世了,所以他的字现在比从前更值钱的。蒋爱宝拿这幅字,用红木的镜框配了,挂在她的办公室里,到扇厂来的人,看到这幅字,都会说好的,而且是很配合扇厂的。苏州人从很早的时候就开始制作扇子,东晋时的诗人谢芳姿,就曾经为苏州的扇子写过诗的:

团扇复团扇
许持自障面

现在传统的扇子生产已经渐渐的没落了,扇厂的日子越来越难过,工资也发不出来,蒋爱宝心里很难过的。她是想搞一个大一点儿的活动来振兴一下,曾经准备搞一个扇子节的,人家外边,什么节都有,大蒜节,山芋节,狗屎猫屎里边都有文化的。

扇子节没有搞起来,但是蒋爱宝却搜集了许多资料,比如说,苏扇的品种有:折扇、团扇、纸团扇、绢扇、檀香扇;后来又有香木扇、轻便扇、铁折扇、舞扇、象牙扇、纸片扇、广告扇、装饰扇……

再比如,从前制扇名家有:刘永晖、杭元孝、李昭、马勋、马福、沈少楼、柳玉台、蒋苏台……

他们的技艺别称有：马团头、李尖头、柳方头……蒋苏台方圆俱精，胡景芝擅长裱扇面。

有关扇子的古诗文：

折叠扇，一名撒扇，上喜其卷舒之便，命工如式为之。

——《贤奕编》

今世所用折扇，亦名聚头扇。

——《春风堂随笔》

高丽白松扇，展之广尺余，合之止两指。许正今折扇，盖自北宋已有之。

——苏东坡

扇厂的房子已经很老很旧了。苏州传统的房屋多半是砖木结构的，因为江南气候潮湿，这种房屋的使用年限一般只能在六七十年左右，如果不大修，就会自然而然地颓败，即使大修了，也不能从根本上改变它们骨子里的问题。

房管局告诉人们，他们现有的人力、财力、物力，要把整个古城的危房全部维修一遍，大约需要十五年，而把京城所有的房屋维修一遍需要二百年。

——摘自《天赐房源》

街道房管所的人过来看看房子,修得再卖力,也没有用了,他说,赤脚追也追不上这些房子衰败的速度。

修不胜修了,他说。

你的厂,也差不多了,他说,死样活气的,工资也发不出了。

关关门拉倒了,他说。

老百姓说,9697关工厂,9899关商场,2000关银行。但是工厂也不是随随便便就可以关门的,上级领导说,不能再增加下岗工人的人数了,要是关了一个厂,下岗的工人就直线上升,那是不得了的事情,所以死撑活撑也要撑下去的。

那你怎么办呢,房管所的人同情蒋爱宝,但别人都是爱莫能助,你死蟹一只了,他说。

是死蟹一只了,蒋爱宝常常是手足无措的,我们扇厂,她说,王小二过年一年不如一年了,老牛拉破车走不动了,癞蛤蟆垫床脚死撑活挨,灯草拐杖撑不牢了。

嘿嘿,他笑了笑,看看破破烂烂的厂房,说,我作个计划,批下来,我就来帮你修。

再说了,蒋爱宝说,真的关门,叫工人回去,我做不出的,我不忍心的,叫他们怎么办?喝西北风了。

你太平洋警察,管得宽的,他说,当年叫你们外迁,死赖活赖不肯的,当年要是迁出去了,现在你日子不是太好过噢。

不肯的呀,蒋爱宝说,不肯的,不要说当年,就算现在,也仍然不肯的,他们要嫌上班路远的。

宁要古城一张床,不要新区一幢房,蒋爱宝说,他们都这样讲的,小人上学,大人买东西、上班,到底在城里方便的。

那你只能死蟹一只了,他说,如果大修的计划批下来,资金你要准备好的,不然到时候要弄得喇叭腔的。

他们透过围墙看到白经理和另一个人从隔壁的豆粉园往这边来了,来得勤了,蒋爱宝说,昨天也看到他们来的,今天又来了。

嘿嘿,房管所的人笑了笑。

这是我的秘书,白经理指指身边的人说。

咦,蒋爱宝说,人家都用女秘书的。

我不要的,白经理说,女秘书我不要的。

那个人也跟着笑一笑。

白经理做房地产事业,在苏州也有点名气了,他要买豆粉园,还要买扇厂,拆掉旧的园子和房子,再盖新的园子和房子,名称也想好了,叫豆粉别院。但是蒋爱宝不会卖自己的厂,白经理跑来跑去也跑不出结果的。

蒋厂长,你不会吃亏的,白经理说来说去也只有这一两句话。

不吃亏我也不肯的,占大便宜我也不肯的,蒋爱宝说来说去也只有这一两句话,我的厂怎么办?

我给你的钱,你可以到外面去办两个厂的。

外面我是不去的,蒋爱宝说,要去我老早就去了,现在我是不去了。

白经理和那个人对视一眼,白经理说,不过这也由不得你自己做主的,市政府有规划的。

不可能的,蒋爱宝说,不可能的,外国人也来看过的,也不肯卖的。

外国人是不肯卖,白经理潇洒地说,可我是中国人呀。

那个人也跟着笑了笑,他一直没有说话。

白经理在皮包里掏了掏,一边掏一边说,我有市长的批文,不相信给你看,市长已经批了,秦市长,秦天。

蒋爱宝愣了愣,她看了看房管所的人,房管所的人想了想,便点了头说,秦市长是专门批这种项目的。

所以你要早做准备的,白经理说,一旦有些事情落到实处,马上就要和你见面的。

那,房管所的人忽然想到了什么,那大修的计划也用不着做了?

是用不着了,白经理说。

自说自话的,蒋爱宝有点生气,谁说不要修?

白经理突然笑了笑,他不再和蒋爱宝说什么,他自顾带着那个人四处看着,他们走开去,又走过来,又走开去,并且指指点点的。一直是白经理在说话,那个人始终不吭声,蒋爱宝说,探头探脑的样子。

那个人是个哑巴?她又说。

白经理倒像是他的秘书,她又说。

房管所的人要走了,他说,我要走了,事情多得不得了,根本来不及做,这个街道,倒头旧房子太多了。

你要帮我做计划的,蒋爱宝说。

房管所的人看了看白经理他们的身影,你还是先打听清楚吧,他说。

蒋爱宝放心不下,她跑到街道办事处去找街道主任,主任啊,她说,是不是我们厂要卖给别人了?

街道主任愣了愣,谁说的?

有没有这回事?

不晓得,街道主任说,听也是听说过的,但是没有人通知我们。

那,蒋爱宝说,就是说,不卖的?

那,街道主任说,也可能我消息不灵通。

咦,蒋爱宝有点生气了,你是主任,你怎么说话不负责任呢?

我也想做一个说话负责任的人,街道主任说,可是可以让我说了算的事情太少了,都是鸡毛蒜皮。

那,我们怎么办呢?蒋爱宝说,到底怎么样呢?

你不如,街道主任说,不如到区里问问去。

蒋爱宝来到区政府。区长,她说,我们的厂是不是要卖给别人了?

区长看了看她,认出她来了,你是蒋爱宝。

是的,蒋爱宝说,我是蒋爱宝。

扇厂的,区长说,蒋厂长。

我们的厂,蒋爱宝说,是不是要卖了?

谁说要卖了?区长说。

是不是呢?

不晓得,区长说,至少我没有听说过。

那,蒋爱宝说,那就是说,不卖的。

不过,区长想了想,说,也说不清楚。现在的事情,有时候是从上面直接下来的,我也不好说。

到底有没有?蒋爱宝说,你区长都说不清楚,叫我们怎么办?

你还是,区长说,如果你真的要打听,还是到市政府去打听,他们的消息,肯定是确切的。

为什么?

咦,区长想了想,说,消息总是从他们那里出来的呀。

噢。

蒋爱宝来到市政府，她走进秘书的办公室，我找市长。

哪位市长？

秦，秦市长。

噢，秘书态度和蔼地问，请问你有没有预约？

什么？

预约。

预约？没有的，蒋爱宝说，我不晓得预约的，他在不在？

在是在的，秘书说，不过——秘书抓起电话，他的桌子上有两部电话，一部红色的，一部蓝色的，他抓了一部红色的，向蒋爱宝说，你稍等一等，我来问一问。

请她进来吧，秦市长在电话里说。

秘书把蒋爱宝带到秦天的办公室门口，指了指，就是这里边。

蒋爱宝推开了门，看见了秦天，看见秦天办公桌上也是两部电话，一部红的，一部蓝的。

秦天说，是你找我？你是哪里的？

我是蒋厂长，蒋爱宝说，姓蒋。

秦天笑了笑，蒋厂长，哪个厂？

扇厂。

噢，秦天说，扇厂。

我来问一问市长，蒋爱宝说，我们的厂是不是要卖给白经理？

白经理？秦天想了想，哪个白经理？

姓白的。

秦天又想了想，他说，我可能，不认得这个人。

怎么会呢？蒋爱宝说，他有你的批文。

什么批文？

就是卖我们厂的批文,他们说你是专门下批文卖地租地的,蒋爱宝说。

秦天又笑了笑,说,他们是这样说的?

那,蒋爱宝有点急的,那是真的了?

那个白,白经理,秦市长说,真的有我的批文?

批文好像没有看见,蒋爱宝想了想,说,他好像没有拿出来,只是在包里摸来摸去,但是,但是,白经理来看过好几回了。

噢,秦天也想了想,扇厂,他说,扇厂是在——他想不起来了。

长洲路。

长洲路?秦天突然停顿下来,后来过了好一会儿他才说,长洲路,扇厂,还有豆粉园。

是的,有豆粉园,蒋爱宝说,豆粉园从前是我们的仓库。

那就不可能了,秦天说,不会有什么批文的,那个地段,政府有通盘考虑的,不会零敲碎卖。

那,蒋爱宝一时有些听不懂,不会零敲碎卖,那是要整卖了?

秦天想笑一笑,他努力了一下,但是笑得很艰苦,有些事情……

第 4 章　长洲路(一、二)

在苏州古城最早的格局里,长洲路就是它的中心了。这是一条典型的河街并行、水陆相邻的古街坊,街上古迹很多,大户官宦人家的老宅、名人故居处处可见,有寺庙和庵堂,古桥,古树,古井,古牌坊更是星罗棋布,还有一座古老的园林豆粉园。

走在长洲路上,可以感受到浓浓的古旧的气息。苏州是一个有悠久历史的古城,苏州人是喜欢怀旧的,所以经常会有一些苏州人,他们也没有什么事情,就到长洲路来走一走,也没有什么目的,也没有什么想法,就这么来走一走,好像这样走一走,心里就踏实了,老是弥漫在心头的空空荡荡、无着边际的感觉就消失了。

真好啊,他们这么想着,心里涌起一股感动,真是好的,我虽然不是在长洲路长大的,但是我走一走长洲路,就像走进了我的童年,他们说。

长洲路会给人以亲切的感觉,似曾相识的,上辈子就认识的,从前一直在这里住的,世世代代就是在这里生活的……白居易在唐代的时候曾登上一处高高的楼。

登高望远自古以来就是不少人的爱好。《礼记·月令》记载:仲夏之月,可以居高明,可以远眺望,可以升山陵,可以处台榭。登高望远不仅赋予人以美的感受,还加强了环境的整体感。有人研究过英国四个城镇的认知地图,其中有的城市有小山可俯瞰全城。结果表明,与没有小山的城市相比,这些城市的居民具有更完整的城市意象。

——摘自《景观园林新论》

当年白居易登了一个高高的地方,他看到苏州的风景了,立即就吟出诗句来:

远近高低寺间出,
东西南北桥相望。
水道脉分棹鳞次,
里闾棋布城册方。

又说:

自问有何才与政,
高厅大馆居中央。

白居易就像是站在长洲路上的,他登的那个楼,是这条街上的齐云楼。他说"人烟树色无罅隙",也是说长洲路的。苏州古城已经有两千五百多年的年龄,在两千五百年的漫长日子里,变化了许许多多的东西,古城的基本格局却一直是没有变的。天灾人祸,兵荒马乱,曾经摧毁了历史,但是苏州人的前辈们很快在废墟上重新创造历史。在许许多多的拆拆建建的过程中,古城浓郁的水乡小城风格依然在的,三横四纵的河流依然在的,人家尽枕河、水港小桥多的风貌也依然在的。

这是苏州人最最骄傲的内容,他们经常对别人说,我们已经两千五百年了,他们说,比它建得早的城早已经没有了,比它建得晚的城也有好多早已经没有了,我们是中国第一古城。

也有人曾经提出一个问题,这是在一个小说家的作品里边的,这是作品的结尾,最后的几句话是这样写的:

天库巷建成到今天,已经一千多年了,更何况古老而美丽的苏州城,已经在地球上存在两千五百年了,这是一件多么了不起的事情啊!

热烈的掌声过去后,一位刚刚分配来的大学生站起来发言,他提了一个很好笑的问题,两千五百年而不变,可喜乎?可悲乎?

这个问题很幼稚。

没有人回答他。

是小说家在十几年前的想法,虽然作品中的人没有回答大学生的疑惑,但是小说家是有回答的,是有倾向性的。这个回答是明确的,两千五百年不变,肯定不是好事情,当大家在歌颂两千五百年的时候,小说家认为自己的思想是先锋的,是前卫的,是现代意识的,而且是实事求是,是符合历史发展趋势的。

只是在过了十几年以后,也许想法又是不一样的了。为什么要到长洲路去走一走,没有事情也要去走一走的,长洲路是不变的,长洲路依然有许许多多从前的东西。

桥

水多,桥自然多,桥多,就形成了苏州的特别景观,成为苏州文化的一大特色。早在唐代,姑苏城内就"红栏三百六十桥",仅一个甪直镇,最盛时期有桥七十二座半,称为"五步一桥",现在犹存四十余座。苏州的桥,不仅多,而且造型各异,如宝带桥,堪称大桥中的精品,饮誉中外,是国内现存古代桥梁中最长的多孔石桥。它设计精巧,结构奇特,以平坦宽阔之势,长虹卧波,五十三个桥孔,拱圈最大跨度长达7米,最高的桥孔7.5米,让人叹为观止。

——摘自《苏州胜景》

大桥有大桥的气势,小桥亦有小桥的风姿,苏州的小桥小巧玲珑,静卧于碧波之间,别具匠心。

苏州最小的古桥,要数网师园内的引静桥,它是园林中建拱桥的成功范例。桥宽0.94米,跨度1.3米,桥长2.5米,拱顶厚0.2米,石拱栏高0.2米,正应了麻雀虽小,五脏俱全的古话。

——摘自《苏州古桥》

外地人小金坐在古桥的桥栏上,他看着来来往往的人,这是什么桥?他问一个人。

花桥,那个人说。

噢,小金是不晓得花桥的,但是白居易晓得花桥,他曾经在诗里写:"扬州驿里梦苏州,梦到花桥水阁头。"花桥的桥面是鸳鸯的,一部分是条石,一部分是碎石子,小金觉得蛮有意思,蛮别致的,他说,从前没有看见过的。

花桥,每日黎明花缎织工群集于此。素缎织工聚白蚬桥。纱缎织工聚广化寺桥。锦缎织工聚金狮子桥。名曰立桥,以便延唤,谓之叫早。

——摘自《吴门表隐》

桥头立有一块石碑,石碑下有一个修自行车的人坐在他的修车摊前,他正和另一个人在下围棋,小金走到他们跟前,他看了看围棋,看不懂的,我们那里,小金说,下象棋的。

他们没有回答小金的话,他们慢慢地想着,你放一颗白子,我放一颗黑子,小金抬头看看那块石碑,石碑上有三个字:叫歇碑。

这是什么碑?小金说。

叫歇碑,他们说。

叫歇碑,清代雍正十二年(1734年)官府所立的告示,名为"长洲县奉各宪永禁机匠叫歇碑"。碑文:各匠常例酒资,纱机每月常例,发给机匠酒资一钱,二月朔日给付四分,三月朔日给付三分,清明给付三分,三次分给,共足一钱之数。至于工价,按件而计,视货物之高下,人工之巧拙为增减……

立碑的目的是机户依仗官府的势力来禁止机匠（工人）结帮行（工人的组织）、叫歇（罢工），勒加银两（要增加工资）……

　　碑立在花桥，因为花桥是工人聚集之处，碑立在这里，正是资本家向工人示威。

——摘自《苏州文化手册》

　　小金的老乡走过来拍拍小金的肩，你在这里干什么？

　　看看。

　　看什么？老乡四面张望，看什么？他说。

　　看看。

　　这是什么？老乡指指叫歇碑。

　　叫歇碑，小金说。

　　噢，老乡说，鹰扬巷快要拆完了。

　　是的。

　　拆完了鹰扬巷再拆哪里呢？

　　嘿嘿，小金笑了笑，这个不用你发愁的，他们反正就是做这个事情的，拆掉这边再拆那边，总会有活给他们做。

　　黄木看到菜农推着自行车过来，黄木知道他的车胎爆了，菜农的菜筐里还有一些剩余的青菜。

　　修一修车，菜农说，有一个两岁的小孩坐在车子的前杠上，菜农把小孩抱下来，修一修车，他说。

　　这是你的孩子吗？坐在旁边晒太阳的老太太说。

　　是的，菜农说，师傅，车胎啪的一声。

爆了,黄木说。

还好,菜农说,菜也卖得差不多了,要是刚出来就爆,麻烦的。

男的女的?老太太说。

女的。

老太太眯着眼睛看这个小女孩,漂亮的,老太太说,小女孩漂亮的,一点儿也不像乡下人。

菜农笑了笑,人家都说她漂亮的,他说。

现在都是一个孩子,老太太说,乡下可以生两个的吧?

也不可以的,菜农说,不过我们还是生的。

怎么可以呢?老太太说。

要罚钱的,菜农说,他指指女孩,这个,他说,罚了五千块。

现在乡下人有钱的,老太太说,所以乡下人生好多孩子,这是你们家的老二吗?

是小三,菜农说。

生了三个,老太太说,乡下人喜欢儿子的,不生儿子不罢休的,是不是?

嘿嘿。

小女孩自己走开去,跌了一跤,啊呀,黄木说。

不要紧的,菜农说。

女孩爬起来,又往前走走。

跌跌长,菜农说,小孩跌跤不要紧的。

前面两个也是女孩吗?老太太说,又生了一个女孩,你不会还要生吧?

菜农又笑了一下,不知道,他说,我的老大老二是男的。

两个男的还要再生一个女的,老太太说,乡下人喜欢生的,不怕的。

乡下人是不管的,菜农说,乡下人生小孩不怕的。

城里人怕的,老太太说,她们生了一个就再也不肯生了。

我家老大,菜农说,今年十八,马上过了年,他就出去打工。

哎哟,老太太说。

这个胎烂了,黄木说,要换一个内胎。

好的,菜农说,筐里的青菜,你侧倒去吧。

你是苏北的,老太太说,我一听口音就能听出来,现在苏北的人到我们这里来的很多。

是的,菜农说,苏北乡下。

种点菜,卖卖,老太太说,日脚也好的。你们住在哪里?

我们住在郊区,菜农说,他指了指城市北边的方向,那一边。

现在乡下,老太太说,黄师傅,你晓得不晓得,现在乡下的人,都不种田了,叫外地人来种。

黄木说,晓得的。

他们都到厂里去上班,菜农说,有的在外面跑生意。

他们的田再叫他们种,老太太向黄木说,现在的事情,什么事情都有的。

你们的菜,都是自己卖的,黄木说,不是批给菜贩子?

有时候批给菜贩子,菜农说,有时候就自己卖,都要看行情的,自己卖也方便的,自行车一架,一会儿就来了,一会儿就卖掉回家。

你们倒是把这边当作自己的家了,老太太说。

是的。

快要过年了,黄木说,你们不回老家的?

不回去的,菜农说,本来是想回去的,我二哥叫我们不要回去,过年的时候,路上有小偷抢钱的。

哎哟,老太太说,在哪里抢钱?

车子上,菜农说,去年我二哥回去的时候,车子到一个地方,就有小偷上来,把大家的钱抢走。

那是抢劫,黄木说。

是小偷,菜农说,是小偷,他身上有刀的。

哎哟,老太太说,那你们的钱怎么办?

寄回去,菜农笑起来,有办法的。

黄木替菜农换上新的内胎,换好了,他说,你以后呢,一直在这里种菜吗?

是的,菜农说。

再以后呢?

菜农笑一笑。

那你们自己在老家乡下的地呢?

再给别人种,菜农说,他回头找女孩的时候,小女孩抱着一个很大的苹果在吃,谁给的? 菜农问。

小女孩不知道是谁给的。

城里人真是好的,菜农说,他把女孩抱上自行车,丫头,他对女孩说,我们走了。

矮脚青菜,老太太说,这是矮脚青菜。

菜农忽然停下来,他四处看了看,回头说,这里叫南园桥吗?

是的。

可是桥呢,桥在哪里?

没有桥的,黄木说。

没有桥怎么叫南园桥呢? 菜农到处看,他说,噢,我晓得了,从前是有桥的。

从前也没有桥的,老太太说,从来就没有桥。

没有桥怎么叫南园桥呢? 菜农笑起来。

——摘自《黄木的故事》

我要过去了,老乡说,你走不走?

我再坐坐,小金说。

坐在这里干什么呢?

看看。

修车的人和另一个人一直在下围棋,他们不说什么话,也没有什么声音,他们慢慢的,你放一颗白子,我放一颗黑子。

师傅,借个气筒打气,一个人推着自行车过来说。

你打吧,修车的人说。

那个人嗞嗵嗞嗵打足了气,把打气筒还给修车的人,要不要钱? 他说。

打气不要钱的,修车的人说。

那个人就骑上车走了。

黄木读大学的时候,骑自行车出去,撞了一个女孩子,女孩子的腿有些痛,但是她说不痛,她不要黄木陪她到医院去看,后来她就走了。黄木看到她走路的时候脚有些拐,黄木想想这事情不大好,他又追上去,对女孩子说,我不放心的,万一有什么事情呢?你把你的地址或者电话告诉我,我改日过来看看你。女孩子不好意思地笑了笑,没有事的,她说,你看,我可以走路的,她就走了。

黄木大学毕业分配到另外一个城市去工作了,有一年他回到老家来,在街上突然看到有个年轻的妇女坐在轮椅上,黄木心里咯噔了一下,你还认得出我吗?黄木问她。

她向黄木看了看,不认得,她说。

你的腿……

从前被人骑自行车撞的,她说,开始稍微有点痛,也一直没有在意,等到后来去看,已经来不及了。

是我撞你的,黄木说。

她笑了笑。

是我。

她仍然笑笑。

你是不是记得,一个年轻的人,大学生,别着校徽的。

好像……是的。

是我,黄木说,是我呀。

她仍然是笑。

你不相信,你为什么不相信,我变化很大吗?黄木说。

我走了,她转动了轮椅,向黄木笑笑,她往前走了。

黄木一直看着她,她的轮椅汇入大街上的车流中渐渐消失了。

后来黄木的单位倒闭了,黄木回到了老家,他在街头上摆了一个修理自行车的摊子,给过往的自行车修补内胎,修踏脚,大家叫他黄师傅。

黄师傅,你读过大学的,大家说。

黄师傅,你做过工程师的,他们说。

黄师傅,你是有学问的。

黄师傅,你学问很深的。

黄木从前读《初刻拍案惊奇》,有个金老儿,一生节俭,从来开销花费,只舍得用零碎的银子,二两以上的成块银子都存着不动,聚到大约一百两,便熔成一大锭,用一根红的绒线系在锭腰上,晚上睡觉,就放在枕头上,一直聚到老了,聚了八大锭,每天看来看去,喜不自禁。有一天晚上金老儿做了一个梦,梦见八个白衣大汉,个个腰里扎一根红绳,来向他道别,说要投胎到老王家去了。金老儿惊醒了一看,八锭银子不见了,连忙追到老王家,正见老王家张灯结彩,大摆喜宴,一问,才知道老王的老婆也做了一个梦,梦见八个腰系红绳的白衣大汉说要投胎到老王家,说完都钻到床底下去了,老王的老婆吓醒了,把床底下的箱子拉出来一看,果然看见有八锭银子,全家人又惊又喜。金老儿听到这里,长叹一声,命若穷,掘得黄金化做铜;命若富,拾得白纸变成布。

嘿嘿,他们都笑起来。

——摘自《黄木的故事》

你的棋力到底不如我的,修车的人说,

你太贪吃了,那个下棋的人说,你大局观不行。

不管的,修车的人说,只看输赢。

我是赢棋下输的,明明已经赢到手了,那个人说。

反正是我赢了,修车的人说。

你瞎猫抓死老鼠。小金听到他们说话,笑了起来,他们向小金看看,又回过头去了。

再下一盘。

好的。

小金的老乡走了,小金的眼睛一直追随着他的身影,身影消失在桥的另一边。

　　崇正宫桥,嘉庆二十四年道士叶凤梧重建。桥南塑桥神、喜神、宅神、井神、龟神、厕神,皆出之名手,肖像如生。是年闰四月十四日,忽有垢面道人立桥上言曰:"石性烈,不加托木,石且断。"言讫,转西即隐。俄而,桥西一石中断如截,众异之,咸悟谓吕祖降示,亟加托木,桥乃固。

——摘自《吴门表隐》

庵

　　据民国吴县志记载,历代兴建的寺庙,三国东吴七所,两晋十六所,刘宋一所,齐一所,隋二所,唐三十二所,五代九所,元六十一所,明八十五所,清三十九所,另有十六所年代不详,先后计有四百十一所。迭经兴废,至民国年间尚有大小寺庙二百余所。

——摘自《苏州文化手册》

群众语言：

  烟囱没有宝塔多，
  厂门没有庙门多，
  工人没有和尚尼姑多。

  外地人小金在香积庵的门口往里边看了看，慧莲和慧舟在水龙头下面淘米洗菜，她们是尼姑，光头的，也没有戴帽子。
  咦，小金说，你们淘米洗菜。
  要烧饭了，慧莲说。
  你们也要烧饭的？小金说。
  嘻嘻，慧舟笑起来。
  咦，你笑了，小金说。
  这个庵堂不是很大，但是许多人都晓得。有人过来烧香，拜一拜菩萨；有的人家家里有老人去世了，要做法事，也会来找她们帮忙念念经。一家人都到这里来，要坐一天，上午听尼姑念经，吃过素斋，下午再听尼姑念经，然后缴一点钱给庵堂，庵堂就是这样开着的，她们也没有很大的消费，多余的时间她们念念经，讲讲别的闲话，日子就这样一天一天地过去。
  庵里有几间空着的房间，是给外面来的人住的。有的老太太或者妇女，她们想到庵里来住几天，也是可以的，缴一点伙食费给慧舟。慧舟是管账的，慧莲管接待，可是我不会说话的，慧莲说。
  小金说，你等于是接待办主任。
  慧莲说，来了人我也不知道怎么跟人家讲话。

弄内五号是香积庵,弄因庵名。

香积庵属仓街秒香庵(尼明道)管辖。五十年代初,本庵住持慧文还俗参加社会劳动,庵舍转为民居,共住十七户。

——摘自《苏州沧浪区志》

八十年代初,重新又恢复了香积庵,后来慧莲和慧舟就来了,她们一直待在这里。

你们以后怎么办呢?小金说,你们一直待在这里的。

一个年纪轻的男人走进来,慧莲认得他,她笑了笑说,好长时间没有看见你了。

他以前来做过法事,是给他母亲做的,母亲是很疼爱他的。母亲去世的时候,他和家里的人,在香积庵待了一整天,送母亲上路,后来他在路上碰到慧莲,他叫她师父。

师父,他说,我来买一点儿锡箔。

锡箔是香客折的,折好后就送到庵里来,会有人来买的,但是现在还没有送来,他说,那我过些日子来拿。

我会替你留着的,慧莲说。

那我先走了。

香积庵位于香积弄五号,建于清代。庵门朝北,没有山门殿,庵门建一座小牌楼,门上方嵌一块"古香积庵"石额。该庵的建筑不是按中轴线排列的,而是沿街而建,摆布较杂。其中有大殿三间,殿内主供千手观音;住持室三间两厢,构成一天井,天井内植一株天竹。另有十间两厢,厨房、斋堂、客堂、棺厅等皆在其中。西北角是一座上下各四间的楼房,楼内用板壁分隔,有明门,有暗道,结构复杂,人称"迷楼"。"迷楼"东有古井一口。

香积庵虽原为陈姓家庵,但建筑考究,庵内每座殿房的檐下皆用水磨砖镶贴。

——摘自《苏州宗教》

你们怎么不念经?小金奇奇怪怪地看着慧莲和慧舟,他说,我们那里,庙里只有和尚。

慧莲和慧舟笑了笑,我们要念的,她们说。

电话铃在里边响起来,慧莲去接电话。咦,小金说,你们也有电话的?

有的,慧舟说。

那么你们以后怎么办呢?小金说。

慧舟笑了笑。

咦,小金疑疑惑惑地看着慧舟。

原妙(1238—1295),宋末元初僧人。字高峰,俗姓徐,吴江(今江苏)人。十五岁出家,十七岁受具足戒,十八岁习天台教。后赴杭州净慈寺问法。至元十六年(1279),入天目山猴子岩,建小室,题曰"死关",十五年不出室,声名远扬,受戒僧俗数万人。弟子中有峰明本等。著有《高峰禅师妙语录》《高峰和尚禅要》。为禅宗临济宗传人。

——摘自《佛教文化辞典》

你们是从哪里来的?小金说。

浙江,慧莲说。

浙江,慧舟说。

噢,小金点了点头,他想了想,又说,现在外面,有很多假尼姑的。

有的,慧莲说。

有的,慧舟也说。

人家会不会骂你们的?小金说,我们那里的人,看见尼姑要骂几声的。

慧莲笑一笑。

慧舟也笑一笑。

寒山和拾得,是唐代贞观时的两位高僧。拾得是个孤儿,被丰干禅师携入寺庙为僧。既然是拾得来的,就叫作拾得和尚了。寒山和拾得是一对好朋友,他们在浙江的天台山国清寺出家为僧,后来结伴游苏州,便到了寒山寺。那时候的寒山寺当然还没有叫作寒山寺,后来是因为寒山和拾得来到,才叫作了寒山寺的,可见寒山拾得的名气是不小的。在传说的故事中,他们甚至是文殊菩萨和普贤菩萨的化身呢。但是即使是菩萨的化身,即使是高僧,他们在人间,便也有人间的烦恼呀,人间的矛盾,也会到他们身上,人间的种种争斗,他们也要体验的。有一天,寒山实在被搞得难过了,又无可奈何,无法可想,他去向拾得求教,也许因为拾得身世飘零,阅历比寒山更多些、更深些,对世事也比寒山更悟得透些,所以,寒山要向拾得请教了。寒山说,拾得呀,我生活在世上,本来是想和人好好相处的,但是这世上的人,他们谤我、欺我、辱我、笑我、轻我、贱我、恶我、骗我,我怎么办呢?我如何对他们呢?

拾得听了,微微一笑,说,寒山呀,这不难的,你只要忍他、让他、由他、避他、耐他、敬他、不要理他,再待几年,你且看他。拾得说了这个话,寒山觉得自己悟到了许多东西,但似乎仍觉不够,再问拾得,拾得呀,你还有没有什么好的诀窍,可以让我躲得世上这些人?拾得说,我念一段弥勒菩萨诀给你听听,于是拾得就念了起来,他对这个诀早已经烂熟于胸,所以背诵的时候,一个隔顿也没有打,他念道:"老拙穿衲袄,淡饭腹中饱。补破好遮寒,万事随缘了。有人骂老拙,老拙只说好。有人打老拙,老拙自睡倒。涕唾在脸上,随他自干了。我也有力气,他也无烦恼。这样波罗蜜,便是妙中宝。若知这消息,何愁道不了。人弱心不弱,人贫道不贫……古今多少人,哪个活几千。这个逞英雄,那个做好汉。看看两鬓白,年年容颜变。日月穿梭织,光阴如射箭。不久病来侵,低头暗嗟叹。自想年少时,不把修行办。得病想回头,阎王无转限。三寸气断了,哪只哪个办?也不论是非,也不把家办。也不争人我,也不做好汉。骂着也不言,问着如哑汉。打着也不理,推着浑身转。也不怕人笑,也不做脸面。儿女哭啼啼,再也不得见。好个争名利,须把荒郊伴。他看世上人,都是精扯淡……"寒山和拾得的对话,千古流传,苏州人骄傲得很,你看看我们苏州人,就是这样的,多么的好说话,多么的忍让,你把唾沫吐在我的脸上,我也不会动手打还你,唾沫有什么了不起?在我的脸上,它自己会干了的,随便它去。

——摘自《我佛闻之微动容》

第5章 长洲路(三、四、五)

井

  南双井巷,巷名出之……唐、宋时即有的古双井。古双井在张古老巷、锦帆路转角,一青石井栏,一黄石井栏,因地基壅高,井栏石圈已三次加叠,而水位仍极高、久旱不涸、水质清甘,底层井栏圈内侧四周汲水绳痕极深,可见年代久远。

——摘自《沧浪区志》

  石佛甘泉井在阊门外石佛寺。花岗石八角井圈,五面分刻阳文楷书"石佛寺甘泉"五字。另三面浮雕韩湘子、铁拐李、何仙姑等八人图案,为石佛寺遗物。

——摘自《百年旧影》

  袁方小时候跟着家里大人到玄妙观去拜菩萨,菩萨有很多,有很高大的,也有稍微矮小一点儿的。有的菩萨衣服稍微光鲜一点,有的菩萨衣服破破烂烂。有一个菩萨连眼珠也没有了,眼眶里空空的就是一个洞,袁方看了就哇哇地哭了,他很害怕,家里大人急得叫了起来,小死人,要死了,他们说,这是你的本命神呀,你怎么看见他哭起来?袁方说,他没有眼珠的,大人说,没有眼珠他也是菩萨,他会保佑你的,你快点给他磕头。袁方被大人按住头颈向这个衣衫褴褛没有眼睛的菩萨磕了几个头,这下好了,你会有福气的,大人说。

苏州玄妙观,
东西两判官;
东判官姓潘,
西判官姓管;
东判官手里拿块豆腐干,
西判官手里拿块老卜干;
东判官要吃西判官手里的老卜干,
西判官要吃东判官手里的豆腐干;
东判官勿肯拨西判官吃豆腐干,
西判官勿肯拨东判官吃老卜干。

——摘自《苏州民谣》

袁方现在在大饼店里烘大饼,师傅退休以后,他就是师傅了。袁方虽然年纪不大,也有人叫他袁师傅,也有人仍然叫他小袁。大饼店里有五个人,袁方会烘大饼,也会做大饼,他可以把一团很大很重的面团高高地举起来,然后"啪"地摔到台板上,店里的人如果没有防备,会吓一跳的。有时候经过大饼店的人也会被吓得跳起来,他们会停下来紧张地朝里边看,等他们弄明白是怎么回事,他们都说,这个小赤佬,力气倒蛮大的。所以袁方手劲很大,手上的皮也很老,顾客在等大饼出炉的时候,看见袁方的手在旺旺的炉火中伸进伸出,一点儿也不怕烫。有时候袁方擤了鼻涕,有时候他出去小便,回来也不洗手,继续做大饼,有的人就会给他提意见。他们说,袁师傅,你做的大饼是蛮好的,就是不够讲究卫生。袁方说,吃得邋遢,成得菩萨。袁方说这句话的时候,就想起玄妙观里的泥菩萨,他有时候想,做菩萨有什么好呢,没的吃没的喝,更不可以出去走走见见世面。

1966年夏天的下午,大饼店的袁方在门口街边的井台上吊水冲凉,天气很热,大家都在出汗。这口井叫作永安泉,石井圈已经破损,吊桶的绳在缺损的井圈上磨上磨下,很容易断了的,所以常常会听到有人"哎呀"一声,然后是"扑通",晓得吊桶的绳又断了,吊桶掉到井里去了,大家都骂这个井圈。

> 永安泉在天宫寺弄十号,系天宫寺遗物。旧天宫寺内尚有淡泉,汲以烹茶,可比天平山白云泉。
>
> ——摘自《老苏州百年旧影》

> 天宫寺在绿葭巷,唐光禄大夫许台舍宅建。初名武平院,门前直街名初春巷,南口有天宫坊,寺前桥底有古井。覆以古石,俗呼鱼王石,岁有群鱼朝寺之异,然浚河时亦未见。
>
> ——摘自《吴门表隐》

李芳芳读了大学以后身体一直不好,在学校的集体宿舍夜里老是睡不着觉,后来病休回来了。她在家里觉得很无聊,就每天带着毛主席语录,挨家挨户叫大家出来,她带领大家念毛主席语录。李芳芳是大学生,念起书来很顺溜,有的老太太口齿不清,跟不上,她们就对李芳芳提意见,叫她念慢一点儿,李芳芳会虚心接受的,她放慢速度,但是过了一会儿她就忘记了,又快起来,老太太又提意见,李芳芳说,哎呀我又忘记了,然后她又慢下来,过一会儿又快了,每天下午都是这样的。也有的人下午正巧有别的什么事情,但是李芳芳叫他们念毛主席语录,他们都是要去的,别的事情是可以不做的,念语录的事情是不能不做的。

　　袁方把一桶凉的井水,从头冲到脚,嘴里扑扑地往外吐气,他看见李芳芳走了过来,袁方就拿手掌抹着脸,挡住自己,但是他看不见李芳芳,李芳芳是看得见他的,李芳芳说,袁方,时间到了。

　　袁方只好睁开眼睛,噢,他说。

　　叫大饼店的人过来吧,李芳芳说。

　　噢。

　　袁方又吊了一桶水,突然他"哎"了一声。

　　李芳芳停下脚步,回头看他。

　　我们,袁方说,我们要去——

　　干什么?李芳芳说。

　　造反,袁方说,我们大饼店组织的革命行动。

　　噢,李芳芳想了想,点了点头,好的,学毛主席语录的目的就是要叫大家起来造反,既然你们已经有觉悟了,我支持你们的革命行动。李芳芳说着继续往前走,她对煤球店的潘阿姨说,潘阿姨。

　　潘阿姨放下铲煤的铲子,来了,她说。

　　袁方回到大饼店,对其他人说,我们去造反吧。

　　到哪里去造反呢?其他人问。

袁方想了想，造反是干什么呢？就是"破四旧"，或者把人家的家抄一遍，或者把封建迷信的东西砸掉等等，大家想一想，袁方说，大家想一想，到哪里去造反？

　　前几年，国内外阶级敌人刮起了一股反党反毛泽东思想的黑风，如邓拓之流千方百计搞和平演变，大肆宣扬剥削阶级腐朽的生活方式，在女人头上大做文章，无耻地说什么"女人长发美"呀，皇帝宫廷的女人头发怎么好看呀，等等。这股黑风也刮到我们行业里来了。什么"大包头""鸡毛掸帚"，以及西方式样的"阿飞头"，都纷纷出笼。我们店受这股黑风的影响，也曾为部分顾客理了一些怪式样。

　　　　　　　　——摘自1966年8月14日《人民日报》

　　袁方那时候便想到了玄妙观里的菩萨，我们到玄妙观去造菩萨的反吧？他说。

　　好的呀，一个人说。

　　说不定已经有人去造过了，另一个人说。

　　反正，袁方说，我们去看一看，如果还没有人造反，我们就去造反；如果人家已经造过了，我们再找别的地方去造反。

　　大家说，好的呀。

　　于是他们在店门口贴了一张告示：全体革命职工前去玄妙观造反，暂停营业。

　　袁方他们果然迟了一步，玄妙观里的菩萨都已经是缺胳膊少腿的模样了，元始天尊有几丈高，他的一只胳膊不见了，肩膀里边有一团烂泥和稻草露在外面，样子很难看。

哎呀,一个人说,他的手臂很重的。

至少有几百斤,另一个人说。

几百斤也不止的,袁方仰头看着元始天尊的脸,他的脸上笑眯眯的,袁方想,你的手臂都被人砍下来了,你还在笑呢。

那个年头正好兴造反,徐宝根说:"我们也造反吧。"

面店里一共五个人,但五个人也能造反的,只是造反后没什么事可做。

其实得劲的事全让大造反的占去了,太没劲的小造反也不太愿意干,何况也只有五个人,除了开面店,还能干什么呢?

我们去街上看看吧。

大家就跟着徐宝根去街上看看。

事情巧就巧在他们到玄妙观,进了三清殿。

"这里怎么没人造反呢?"徐宝根惊喜地想。

"我们来把这东西砸了吧。"徐宝根说。

他就爬到高处,举起斧头,不知怎么会带上那斧头的。

元始天尊的手臂连根断了下来。

一股热浪涌出,热烘烘的,如一朵盛开的莲花,三清殿里响起"嗡嗡"的声音,由远而近,越来越响,最后震耳欲聋。所有的老爷,身体都动了起来。

掉下来手臂上的五指似莲花花瓣一样伸展开来。

其实这是不可能的。

但另外四个人的确是掉头就跑,岁数最大的老张被石阶绊了一下,脚扭伤后,至今还有后遗症。

徐宝根仍待在半空中,他不知发生了什么事,本来还想再砍一下的,看见同事们都跑了,以为外面有什么新鲜热闹的事情,就摸索着下来。

下面什么也没有,他实在也懒得再爬上去,就提着斧头回家,只是斧头沉了许多,且越来越沉,等他到了家里,身子如烂泥一般摊了下来。

——摘自《造反》

那我们怎么办呢?一个人问。

其他人都看着袁方,袁方想了想,说,我们到外面去看看有没有什么可以造反的。

他们来到玄妙观后面的院子里,就看到一口水井,井圈上写着一些字,他们都不认识,袁方试图去认一认,但是他一个字也念不出来。

是古体字,一个人说。

古体字就是"四旧",另一个人说。

他们又看着袁方,袁方看了看这个井圈,说,我们是来干什么的呢?

我们是来"破四旧"的呀,一个人说。

是呀,大家都说。

那就砸它吧,袁方说。

拿什么砸呢?一个人问。

他们看看自己空空的两只手,这才想起,他们没有带家什来,空着手,拿什么武器去"破四旧"呢?我们拣块砖头砸它吧,一个人说。

砸不动的,另一个人说,这个井圈是黄石的井圈,黄石很坚固的,砸不动它的。

那怎么办呢?一个人问。

他们又看着袁方,袁方想了想,说,我们把它拨出来,挪个地方,算不算是"破四旧"呢?

应该算的,一个人说。

是应该算的,另一个人说。

那就这样干。

好的呀。

于是他们几个人一起动手,把井圈翻了出来,然后又把它滚到另外一个地方,让它横倒在那里。

袁方拍拍手上的灰土,我们完成了,他说。

其他人也拍拍手上的灰土,我们完成了,他们说。

他们就高高兴兴地回家去了。天气很热,他们都是大汗淋漓的,有一个人说,该死的天怎么老是不下雨。

那天晚上,就开始下雨了。袁方躺到床上睡觉的时候说,总算下雨了。

半夜里袁方做了一个梦,梦见一个白胡子的老头对他说,你闯祸了,袁方正要问我闯了什么祸,就被一阵惊叫声惊醒了,他睁眼一看,水已经漫到了他的床边,袁方"哎呀"地叫了一声,跳起来,他听见老奶奶在说,我听见九头鸟叫的。

九头鸟叫,是要出事情的,老百姓相信这样的说法。

从前有一段时间,豆瓣街上的人都在说九头鸟的事。关于九头鸟的说法很多,每天夜里九头鸟从这里飞过,发出九种不同的怪异的叫声。也有人怀疑这种说法,如果谁说有九只鸟一起飞过，那也是可能的，或者说其实是一只鸟，它并没有九个头，但它会叫九种声音。所以，有关九头鸟的说法都不是很可靠。但是大奎妈一口咬定是一只九头鸟而不是九只鸟或者一只一头鸟，问她是不是看见了，她不说看见也不说没看见，但是她坚持说是一只九头鸟。

豆瓣街上的人都觉得不是好兆头。

豆瓣街上的人历来对动物十分敏感。

——摘自《豆瓣街的谜案》

这场雨一下起来就没完没了了，下了十几天也没有停，老奶奶坚持说是因为九头鸟来了。

1966年4月里的一天下午，人武部紧急通知，说城里苏高中红卫兵要来砸"四旧"，一卡车人已经开出来了。我那时在大楼值班已有多日，十个人分两班，日夜轮换。那天我值班，白天休息，一通知马上赶过去，很快就来了三百来个民兵。四点半左右，果然有一辆卡车开到大楼的大门口停住，车上站了几十个男女学生，身上黄军装，臂上红臂章，带了不少榔头、斧头、锯子、凿子。我们把车子团团围住，不准他们下车，说：啥人落地就打杀啥人！因为前几日有中央文件下来，关照要保护好紫金庵和雕花大楼，所以我们的口气十分强硬，手里也带了不少斧头家什。有人抡起斧头，要劈卡车轮胎，这一来学生们吃不住了，几个女学生吓得哇哇直哭，还有人跪了下来，一片讨饶声。我们这才放他们过门，让车子调头开回去。后来再也没有啥人来过。

——摘自《江南第一楼》

树

　　孩儿莲,树大叶浓,花厚色红,专治血症。在百狮子桥赵氏宅内,一在东洞庭山,翁汉津分植吴中,只此二株。赵宅今王有庆所得,请为义庄祠。

——摘自《吴门表隐》

　　清、奇、古、怪,位于吴县光福镇司徒庙内。相传东汉建武年间(25—57)为汉光武帝刘秀时大司徒邓禹(安仲华)手植的四棵古柏,迄今已有一千九百九十多年历史。这四棵古柏曾遭雷电所击而形态奇特各异。故分别被命名为清奇古怪。清者,主干挺拔,姿色清秀,茂如华盖;奇者,主干折裂而盘曲,新枝兀生于枯木;古者,主干纹理萦纡,苍劲古朴,顶秀扁宽,半朽似掌;怪者,主干遭雷击,劈裂两爿,伏地横卧而三曲,如走地蛟龙,堪称世上一绝。

——摘自《苏州文化手册》

　　本街96号原有封闭式小型园林,七十年代拆除围墙,成为第一人民医院门诊部前的庭院,尚存大雪松三棵及湖石、假山、水池、小桥。本街256号市总工会原为私人住宅,建筑中西合璧,颇为讲究,花木颇多,有广玉兰树龄约一百三十年。本街2号有百年桂花树。

——摘自《苏州沧浪区志》

　　巷口有一棵大树,一个妇女在大树下摆了一个卖日用品的摊子,她的名字叫粉。她有一条腿是坏的,从前她的腿是好的,后来就坏了,她听到医生说的话,她哭起来。

哭也没有用的,医生说,你的腿,以后也就是这样了。

粉仍然哭。

你不要伤心的,医生说,能够治到这样,算是不错了,也不会朝坏的方向发展了。

粉走路的时候用拐棍撑着,有的时候脱离拐棍也能走,但这时候她的腿就比较明显地看得出是瘸的。

粉坐在巷口,脸色有些白,大家说,你老是这样坐着,算什么呢?

我不晓得,粉说。

不如摆个摊子,别人说,叫你男人替你去批发一点小商品来。

粉不晓得男人会去批发什么样的东西,男人回来的时候,她看到他的车上装着红红绿绿的小商品。

这是什么?粉说。

拖鞋、拖把、衣刷、纽扣,丈夫说,还有……

我怎么弄呢?粉说。

卖给别人,男人说。

粉从那一天起在巷口摆了一个摊,我不会叫卖的,她说。

不用叫卖的,大家告诉她,人家走过,看到摊子,晓得的。

外地人小金走过来,他看看粉的日用品,拖鞋、拖把、衣刷、纽扣,他说,还有……

粉看得出小金是不要买什么的,她就笑了笑。

喂,三轮车工人叫小金让开一点儿,小金回头看了看,他让开了一点儿。

孙梅贞是坐着三轮车回来的,她的脚边有一只旧皮箱,孙梅贞看到巷口粉摆的一个摊子,摊上是一堆花花绿绿的零乱的商品,孙梅贞笑了一下,小金说,城里真是好的。

好什么呢？粉说。

踩三轮车也能挣钱的。

到底辛苦的,粉说。

辛苦也好的。

你是孙老师,粉对孙梅贞说。

你怎么知道的？孙梅贞说。

我猜的。

你是不是听谁说过我要回来,孙梅贞说,所以你猜到了。

没有,粉说,没有人说你要回来的。

是的,孙梅贞说,确实没有人知道我要回来。

叶落归根,粉说,老人都这么说,老人总是喜欢回自己的家乡。

是的,孙梅贞说,我离开家的时候十七岁。

有几十年了,粉说。

几十年了,孙梅贞看着巷口的一棵树,树还在,她说。

这是一棵老树,粉说。

这块碑从前没有的,孙梅贞念着碑上的字：瓜子黄杨,树龄二百年。

是三级保护,粉说。

常绿灌木或小乔木,孙梅贞继续念下去：木材坚韧致密,可供雕刻或制木梳等。

三轮车工人帮孙梅贞把旧皮箱拎到里边,孙梅贞打开房门,腾起一股灰尘,有一只蜘蛛悠悠地吊在半空中。

哎哟,三轮车工人说。

没有事的,孙梅贞说,不住人的缘故,住了人就会好的。

这是老房子,三轮车工人说,是你们家的吗?

是的,孙梅贞说。

三轮车工人走出来,他看看日用品的摊子,拖鞋,他说,嘿嘿,拖鞋。

粉说,你要不要买拖鞋?

三轮车工人摇摇头,骑上三轮车走了。

孙梅贞从院子里出来了,你好,她向粉点头致意,我买拖把。

五块,粉说。

我要打扫干净房间,孙梅贞说,现在我安心了。她对粉说,现在我的心踏实了,我可以静心做我想做的事情了。

你想做什么?粉问她。

我想把自己的一辈子写下来,孙梅贞说,书名可以叫我的一生,或者叫别的名字,差不多意思的。

写什么?粉说,写小说吗?

是的,是小说,孙梅贞说,或者叫作自传体的小说,像回忆录那样的。

粉仰脸钦佩地看着孙梅贞,是吗?

是的,孙梅贞说,我几乎想了大半辈子,总想有一天写出一部伟大的小说。她的眼睛闪烁着光芒。

粉说,孙老师,你会写小说?

你问得好,孙梅贞说,这正是问题的关键,我根本不会。

孙梅贞和粉一起笑起来。

小金仍然看着三轮车,他一直目送着三轮车拐到大街上去了。

粉看到有一个人走过来,他走到粉面前,停下来喘着气,老了,他说,老了。

他不是这条街上的人,也不是街上的常客,粉想,我不认得他。

这是大树下,他说。

是的,粉说。

你旁边那个凳子,老人说,能让我坐一坐吗?

你坐吧,粉把空凳子递过去。

老人坐下来,他向巷子里望了望,孙梅贞回来了,他说。

是的,粉说,你认识孙老师吗?

嘿嘿,老人咧开没牙的嘴笑了笑,嘿嘿,他没有说认识也没有说不认识。

太阳西斜的时候,光线穿过树的枝枝叶叶,零零散散地洒过来,在老人的脸上和粉的脸上都有一些碎了的阳光。

塔

苏州塔多,苏州的许多古塔,都建于五代至宋代之际,它们与当时兴盛流行于江南的佛教密不可分,同时,又都颇具苏州古城的特色。

云岩寺塔即虎丘塔,建于五代,砖木塔身,由于多次遭遇火灾,现存已只是砖砌塔身。虎丘塔造型优美,质朴素雅。据文献资料记载,从明朝起,虎丘塔即已开始倾斜,至今塔身已倾斜2.34米,由于倾斜,更增添了它的魅力和神秘感,成为古城苏州又一道与众不同的风景线。

如果说虎丘塔以它的朴素和它的倾斜使人钦服,那么另一座古塔——北寺塔,展现在我们面前的则完全是另一派风姿。北寺塔是浓墨重彩的,八角九层,重檐复宇,栏廊萦绕,气势雄伟,正是我国两千多座塔中较为典型的"上累金盘,下为重楼"的楼阁式佛塔。

——摘自《苏州胜景》

应尽可能多地保存与此相关的残骸或遗存,引发参观者更多的遐想,保留更多的发人沉思的历史信息。那种把古迹遗存以外的连带部分都清除干净的做法是不恰当的。这种做法使古迹成了单纯的装饰物,而失去了一定的历史信息。

——摘自《景观园林新论》

在塔的旁边,是它的附属建筑清香馆。清香馆前的院子里种了一些桂花,到秋天的时候,很香,甚至不是秋天的时候,也会有一种香的味道。环境是安安静静,喜欢吵吵闹闹的人走到这里就会放低了声音,连脚步也是小心翼翼的,没有人叫他们这样做,他们自然而然就这样的了。清香馆是一个画廊形式的房子,适合弄一些书画挂在这里,每一件书画上都有标价,是可以买的,有人喜欢,就可以买去,但是买的人不多,大家只是看看、说说,一般不大买的。

李四拿张凳子坐在这里,泡一杯茶,翻翻书,有时候清洁工扫地扫到这边,和他说说话,然后就扫到其他地方去了。更少的时候,别的同事会过来告诉他单位里的某一个情况,其他的时间,就是他一个人了。

天有些阴,有一个人慢慢地走过来,你是工作人员?他问李四。

是的。

这个人慢慢地看着挂在四周的东西,字画,他说,这些字画。

是书法家和画家的作品,李四说。

这里有标价,这个人问。

都可以买的,李四说。

有人来看看吗,这个人说。

有的。

买呢?

买是很少的,李四说,人家不要这些东西。

你每天都守在这里的,这个人说,守着这些东西。

我无所谓的,李四说,工作总是要做的,不做工作就没有工资,没有工资怎么办?

他们,这个人说,那些来看字画的人,说什么呢?

说什么?李四说,他们不和我说什么的,有时候是自言自语的。

自言自语说什么呢?

说标价比较贵,不值得,李四说,说字写得不好,画画得不好,也有的会说好,很好,很赞叹的。

噢,这个人说。

他们不大和我说话,他们只和他们一起来的人说,李四说,如果他是一个人来的,他一般就不说话。

噢。

其实,李四说,他们不和我说什么也好,我也不大懂的。

噢。

你,李四向这个人看看,你要不要买?

我,这个人说,我也有的。

咦,李四看到这个人从随身带的包里拿出一些画,他说,你也是画家?

你看看我的画,这个人说。

我不懂的,李四说,再说了,我不好决定的,这里挂的画,都是我们领导决定的。

我不是要挂在这里,这个人说,我只是给你看看。

我不懂的,李四说。

你喜欢的话,你挑一幅去,这个人说,随你挑。

我,李四说,我,我其实……

不用客气的,这个人说,真的不用客气。

我没有客气,李四说,我其实……

你不要不好意思,这个人说。

我,李四说,我再看看。

这个人拿出一些画,又拿出一些,他还要拿,李四说,我先看看这些。

画摊了一地,有的展开来,有的仍然卷着,李四看了看,这个人说,这些,是近几年画的,不能得心应手了。

嘿嘿,李四说。

那一些比较好的,这个人说,是早年的作品。

嘿嘿,李四说,你送给我?

是的,这个人说。

就拿这一幅,李四拿起一幅画,是画的一条河,河边有些树。

好,这个人说,好的,你是有眼力的。

嘿嘿,李四说,那我就——谢谢你了。

不要谢的。

这个人走过之后,一直没有什么人来清香馆,李四坐在凳子上看书,那幅画卷着,塞在他屁股后面。后来一个同事来了,他说,李四,明天有人来参观,早半个小时上班。

什么人参观?李四说。

不晓得,同事说,不是领导就是外国人,反正叫我们提前半小时。

好的,李四说。

这是什么?同事看到李四屁股后面塞的东西,这是什么?

一幅画,李四说,刚才一个人送给我的。

谁?

我不认识的,李四说。

同事从李四屁股后面抽出画展开来看看,又把画交还给李四,同事走开了,李四重新把画卷起来。他坐下来,画仍然塞在他的屁股后面,李四喝了一口茶,茶有些凉了。

一群游客过来,他们说,这里有个画展,看看,他们走进清香馆看画。

真香,一个人说。

是桂花香,另一个人说。

所以叫清香馆,再一个人说。

有一个人站在塔的高层上大声地喊叫了一下,声音传到清香馆来,在安静的清香馆里引起了一片回音,几个看画的人都笑了起来。

第6章　长洲路(六)

宅

长洲路的王禹琳故居,是平江县的控制保护古建筑。

这座清代的状元府第,是一座典型的古典庭院,建于清朝嘉庆年间。近两百年的老宅,如今已是疮痍满目了,如同一位年迈体衰的老人在风雨中苦苦支撑着。由于年久失修,房屋长檐下沉,房间地板朽烂,一些砖雕木刻也早已经毁坏,大院败落,旧宅摇摇欲坠,无法接通进水管下水道,更不用说煤气管道,几十户居民一直守着三桶一炉的日子,这是苏州古城最老的风景线。

苏州市区拥有各类有迹可考的古典建筑共二百二十七处,其中园林一百二十二个,庭院一百〇五个,约百分之五十已毁,其余均具恢复价值。据考证,这些古典庭院基本都是名人故居,涉及历史名人百余位,现基本上都被列为"文物保护单位"和"控制保护古建筑"。

——摘自《名人故居出路何在》

许多人都呼吁保护和抢救，但是住在旧宅里的居民，他们每天仍然和前一天一样过着平平静静的日子，除非是在雨季，他们会有些乱方寸。长洲路的地势很低，一下雨，许多老宅都要进水，他们会手忙脚乱一阵，等到雨季过了，水会退的，他们的日子又恢复了平静。

曾经在一些文章中看到过关于雨季里旧宅居民的情形：

雨下了不多久，宋衙街小学已经陷入一片混乱了。先是大家眼看着操场上的水漫起来、漫起来，紧接着，一楼的教室也进了水，课只好停了下来，连楼上的教室也无法维持课堂秩序了。

孩子们在慌乱中显得格外兴奋，雨给他们带来了意外的惊喜，每天每天循规蹈矩地刻板的日子里，出现了一道别样的色彩，他们像小鸟一样叽叽喳喳地欢叫着，他们略带着幸灾乐祸的心情，看着平日里永远镇静的老师是怎样地混乱起来，他们甚至还会盼望雨下得大一点，再大一点，让水再漫得高一点，更高一点 。

下雨了，打烊了，小巴拉子开会了……他们唱起儿歌来，老师焦虑的目光从雨中收回来，扫过他们，但最后仍然落到雨里去了。

周沉正在给六年级的学生上语文课，他今天讲的是一篇古文《刻舟求剑》，雨就是在这时候下起来的，起初大家听到啪啪几声，有个孩子说，又下雨了，其他孩子都朝外面看，雨紧接着就大起来。

周沉试图让孩子们安静下来，在江南的城市里，下雨是经常的事情,但不知为什么,今天的雨却让人感到不安,周沉无法让孩子们安静,他自己的心里也乱起来,正在这时候,刘教导跑了进来,他让周沉停课。

校长说这场雨来势很猛,决定先把学生放回家去,刘教导说。

噢呵!孩子们欢呼起来,噢呵!

噢呵,不用上课啰!

以后天气好了要补的,刘教导说,不然课要跟不上的。

宁愿补的。

宁愿补的。

补也合算的。

这是小孩子们的心理,叫花子不留隔夜食,今朝福气今朝享,周沉向他们笑了笑,今天就上到这里。

孩子们都以最快的速度稀里哗啦地整理了书包,有伞的打开伞,没有伞的把书包往头上一顶,往外冲了。

校门口的水已经有一尺多高了,高年级的学生来得正好,在水中蹚来蹚去十分好玩,低年级的学生就有些害怕了,水已经过了他们的膝盖。他们划着水,颤颤抖抖的,有胆子小的女孩子哭了起来,老师就把低年级的学生一个一个抱出门去,交给闻讯赶来的家长。周沉和同事们一直忙到孩子们走得差不多了,他来不及回办公室拿雨伞,一头扎进大雨,往家里奔去。

——摘自《水泊吴都》

屋子里不知什么地方发出一些奇奇怪怪的声响,好像一个人的全身骨头节都被震动着。佟明四处看看,突然有一种不祥的预感爬上心头,他二话没说,一弓身把女儿从床上抱了起来,不顾外面大雨正猛,一下冲了出去。

就在佟明抱着女儿冲出房间的一瞬间,他听到身后轰然一声巨响,佟明只觉得脑袋里轰的一下,整个人身体发软。他无力回头看一看自己的家,他也没有这个勇气再回头看一看。

家,在顷刻间就没有了。

雨仍然下着,既喧闹又沉闷,死里逃生的人们,站在雨中,全然没有了感觉,他们没有大哭小叫,也没有惊慌失措,他们只是默默地看着已经成了一堆废墟的家。

一切的一切,暂时都抛在脑后,现在他们的大脑里,几乎是一片空白,他们还没有来得及接受这个事实。

市长冒雨赶来了,居民们都平平静静地看着他没有叫闹,也没有诉说,只是有人说了一句,领导来了!

是市长,另一个人补充说。

有没有人受伤?市长来不及向他们解释什么,着急地问道。

没有。

我们命大。

市长稍稍放心了些,可就在这时候,一个声音尖叫起来,朱好婆,朱好婆!

朱好婆是个孤老,一个人住在西边厢房,房子倒塌的瞬间,别人都跑了出来,唯独不见朱好婆,大家瞪着那一堆断梁碎瓦,一时都惊呆了。

市长往倒塌的房子边奔去。

大家愣了一会儿,也都跟上去七手八脚地扒拉着,突然又有人喊道,电视台来了。

果然有两个电视台的记者闻讯赶来,他们一到现场,一眼就看到抱着女儿站在一边的佟明,立即赶过去,把话筒伸到佟小娟脸边上,请问你受伤了吗?

佟小娟微笑着看着他们。

请问……

对不起,佟明说,她不会说话,也听不懂你的话。

为什么?怎么会的?是不是刚才受了伤?记者看到佟明的目光焦虑地盯着院子的角落,他们立即注意到,一些人正在那里扒着什么,敏感的记者立即放弃了佟明父女,跑到那边,把话筒伸向在雨中扒残砖碎瓦的群众,请问你对今天的房屋倒塌有什么想法?

我,我……被采访的人吓了一跳,我没有……

话筒又伸向另一个浑身湿淋淋的人,请谈谈你的看法。

这个人呆若木鸡的脸被拍进了电视,雨水从他的脸上滚过。

第三个人被问,请问你家的损失有多大?

我不晓得,我不晓得,这个人有点语无伦次,我什么也不晓得。

记者面对摄像机叽里哇啦地说,这里是天库街189号,大雨中,西落第一进的房屋刚刚倒塌,面对突如其来的灾祸,群众毫无思想准备,他们手忙脚乱地扒着废墟,让我们看一看,他们在扒什么呢?

电视镜头扫过来扫过去,记者继续追问,请问你们在找什么?

找人。

找人?记者的声音突然抬高了,找人!他们在找人!也就是说,有人被压在倒塌的房子下面了……

扛摄像机的记者突然从机子的镜头中看到了市长的脸,没等他反应过来,市长已经大吼一声,拍什么鬼电视!

抓话筒的记者也已经看清了市长,听市长一吼,他愣了一下,但随即反应过来,市长,他说,这是我们的工作。市长气得脸色铁青,把你那破东西扔了,快帮着找人!

记者又愣了一会儿,两人互相看了一眼,不约而同地放下了话筒和摄像机,奔了过去……

残砖碎瓦被扒开了,几根房梁支撑起一个三角形的空间,朱好婆安安静静地坐在那里,她笑眯眯地对大家说,我没有受伤。

市长的眼睛湿润了……

雨势终于减弱了许多,虽然还在下着,但没那么凶猛了,大家紧张的情绪也平稳多了,记者重新又拿起了话筒,请问市长——

请你们不要问我,市长心情沉重,他说,我愧对家乡的父老乡亲!

四周突然静了下来,大家等着市长往下说,市长却走到佟明身边,抚摸了一下佟小娟湿漉漉的头发,说,我对不起你们,我,来得太晚了!

不晚的,居民说,只要现在开始做,明年再下雨我们就不怕了。

每年发水,你们领导都要来看我们,我们都记得的。

平时我们也没有机会上电视,到了发水的时候,我们就上电视了。

——摘自《新闻眼》

改造王禹琳故居的计划已经排了好几年,但是一直没有开工,所以现在居民们也不去想它了。他们晓得的,有些事情,想是想不来的,不想也罢。

外地人小金走过这个大门口,他看到里边深深的,望不到底,就停了下来,老太太看了看他,你是民工,老太太说。

是的,小金笑了笑,我是在那边拆鹰扬巷的。

到冬天的时候,就要防着点你们的,老太太说。

为什么?

你们要偷自行车回家过年的,老太太说,还要偷别的东西。

我不偷的,小金说。

那你做什么?老太太说,你来做什么?

我喜欢到处看看的,小金说。

咦,老太太说,你要看到大街上去看,到园林里去看,我们这个破房子,有什么好看的。

我想到羊肉店帮他的忙,小金说,但是他不要。

噢,老太太说,乡下人,门槛精得六六四。

什么?小金笑起来,六六四。

六六四就是很精的,老太太指指陶六的羊肉店,那个乡下人六六四。

嘻嘻,小金说,苏州话好听的,像鸟叫,叽里叽里,所以人家说吴侬软语的。

你也晓得吴侬软语？老太太说。

晓得的，宁和苏州人吵架，不和宁波人说话，小金说。

苏州话的柔软，不止是在话语本身的韵律或者音调上，用词造句，说话的意思，均是温文尔雅。比如苏州人谈恋爱，姑娘约了小伙子，姑娘等了很长时间也没有等来小伙子，这时候姑娘并不生气，也不恼怒，她道，约郎约在月上时，等郎等到月斜西；不知是侬处山低月上早，还是郎处山高月上迟？唉呀呀，找这般好脾气善解人意替人着想的姑娘做老婆，小伙子可是前世修来的福呀；或者苏州人过着苦日子，生活困难，日子艰辛，他们哀怨地说，小麦青青大麦黄，姑娘双双去采桑，桑篮挂在桑枝上，一把眼泪一把桑。即便是这样的日子，亦表现得那么的委婉、感人，你看到贫困柔弱的采桑姑娘，正泪汪汪地站在你面前呀。

——摘自《苏州话》

老太太笑起来，苏州人就是这样的，她说，你到我们这里来，是不是我们的房子要拆了？

我不晓得的，小金说，我只管做工的，他们叫我拆哪里就拆哪里的，小金认真地看着王宅门楣上的字，他念道：忠厚王家。

嘿嘿，小金笑了笑，忠厚王家，他们家很忠厚的吗？他问老太太。

我不晓得的，老太太说，从前的事情搞不清楚的。

这是一个砖雕的门楼，小金仰起头来细细地看了一会儿，嘿嘿，他说。

细砖雕刻,砖有多细呢,细得如粉捏成的吧;雕刻有多精呢,雕个人物,人物就是活的,雕个动物,动物就是真的,雕朵花,这朵花是鲜艳的,雕棵树,这棵树是有生命的。门楼上,层层叠叠地雕刻着各种各样的传说,文王访贤,郭子仪拜寿,三国里的故事,八仙,鲤鱼跳龙门,牛郎织女,再就是象征幸福,象征长寿,象征吉祥的种种图案,蝙蝠、佛手、麒麟、鹿、牡丹、菊花……

这时候,你不由自主地赞叹了,你的头颈也感觉到疲劳了,你的眼睛也有些酸了,你不妨再低下你的劳累的脑袋,放松你的眼睛,向地上看一看,你看到你脚下的小路,用漂亮的鹅卵石或潇洒的散石精心铺成各种图形,你才猛然发现,你走进苏州小巷,你就走进了一个精心安排的世界呀。

——摘自《小巷与大宅》

一个小孩子走过来,好婆,他说,他们叫你过去。

老太太站起身来,又是三缺一了,她说,回头看看小金,他们叫我搓麻将,天天要来叫的。

老太太往院子里边走的时候,小金跟在她的后边,老太太说,你要看我们搓麻将吗,你怎么不去做生活?

嘿嘿,小金说,我看看。

老太太走到后面的一家人家,有三个人坐在桌子边等她,见老太太来,他们也没有说话,就开始堆牌。老太太也不说话,坐下来,和他们一起堆牌。

有一个妇女看了看小金,他是谁?她问老太太。

民工。

噢。

坐在东边的人掷骰子,他掷了七点,七对门,他说。

我们是要掷两次的,小金说,你们掷一次。

不一样的,一个男人说,麻将的规矩不一样的。

小金看了看牌,你们有百搭的,他说,我们没有的。

他们没有说话,专心地码好抓到手的牌,这个位子不错的,坐东边的说。

隔壁的人家在炒菜,煤炉放在走廊上,炒菜的时候,香味就弥漫进来了,喜欢吃的,老太太说。

他们家是喜欢吃的,妇女说。

天天烧鱼烧肉。

天天七盆八碗。

嘻嘻,小金说,苏州人是喜欢吃的。

打麻将的人都看了看小金,嘿嘿,他们笑了笑。

苏州人想喝鱼汤了,怎么喝呢?一个男人说,你不晓得的。

他怎么晓得,老太太说,他是外地人。

不是把鱼放进锅里加上水煮,而是把鱼刺在木质的锅盖背面,锅里呢,是没有鱼的,只有水,煮水,要让水蒸气,把锅盖背上的鱼蒸得发酥。酥到什么程度?酥到鱼肉一块一块自己掉进锅里,变成鱼汤,这般的鱼汤,到底好喝不好喝,不晓得,没有喝过。

现在的人,恐怕没有那么多的空闲时间来熬它,但是从前的苏州人就是这样做菜的。

我从前焐一个白菜肉丝,要焐一日一夜的,妇女说。

我从前做一个菜,叫绿豆芽嵌鸡丝,老太太说。

绿豆芽细不细,当然够细的了,要在已经很细很细的绿豆芽的丝丝里,再将鸡肉弄成更细的丝丝,嵌到绿豆芽的细丝里去,这叫什么菜呀?做半天工夫,恐怕一口就能吃了它,这叫什么?这叫吃饱了撑的。为什么呢?苏州人有钱呀,吃饱了肚子,又不想和人打架,又不想出门去闯天下,干什么呢?看书,除了看书,再想点事情出来做做,就把鸡丝嵌到绿豆芽丝里去吧。

他们都咽了咽馋涎。

苏州人吃菜,不光讲究精细,还讲究诗意,一个男人说,一个炒菠菜,要叫作"红嘴绿鹦哥";一方油煎豆腐,美其名"金镶白玉板";冬瓜挖空了放进火腿冬菇,是"白玉藏珍";西瓜蒸鸡呢,就是"翠衣匿凤"了。

哎哟哟,老太太说。

哎哟哟,妇女说。

刘罗锅到苏州来,游了黄天荡,觉得荷花甚美,便提出要求,今天的菜呢,最好以荷花为主题,要有荷塘特色。这也难不倒苏州人呀,小意思,先弄一只莲蓬豆腐,把豆腐、肉末、虾仁、干贝等好东西加上调料打成糊,放进一只小碗,表面上再嵌上一些青豆,放进蒸笼蒸熟取出来,完全就是莲蓬样子了,青豆若莲蕊一般。再做一个菜,荷叶粉蒸肉,用清香新鲜的荷叶,裹着肉块清蒸,刘罗锅一吃,大大叫好,又好吃,又好看,名称又好听,服帖苏州人做菜水平。

小金看着锅里的油烟升腾起来,一直腾到房梁,房梁是乌黑的,闪出一层油光。

炒菜的人手里握着铲子走到门口看了看,又开场了,她说,她走进来带着一股油烟的味道。

我宁可搓麻将的,妇女说。

我宁可来烧吃的,炒菜的人说。

忙煞,妇女说。

你们也忙煞。

大家是闲里偷忙,一个男人说,没有事体,寻点事体来忙。

  处处楼前飘管吹,家家门外泊舟航。
         ——白居易《登阊门闲望》

  夜市卖菱藕,春船载绮罗。
         ——杜荀鹤《送人游吴》

  小巷十家三酒店,豪门五日一尝新。
  市河到处堪摇橹,街巷通宵不绝人。
         ——唐寅《姑苏杂诗》

  夜夜金阊载酒游,家家明月水边楼,
  画船渐近箫声细,小队银灯下虎丘。
         ——李慈铭《姑苏道中杂诗》

  人语潮喧晚吹凉,万窗灯火转河塘。
         ——范成大《晚入盘门》

  苏州在隋唐以后,越来越富了,越来越繁荣,俗云苏湖熟,天下足,苏州的名气已经传到天下去了。天下的有钱人、雅人,有了钱想过点好日子的,想追求一点淡雅的,都开始向往苏州。他们想办法到苏州来住,做苏州人。苏州人自己呢,有了钱,也很满足。于是所谓的有闲阶级,在苏州就越来越多。他们呢,闲时间也多,闲来没事，也很无聊。其实呢，事情总是有的，比如吧，把苏州的菜，做得精细一点，讲究一点，这不也是事情吗？

苏州的棋牌馆和浴室越来越多了，大家都到那里边泡泡，消磨点时光，然后回去吃饭睡觉。

一处名人故居就是一本历史教科书。的确，名人的文化素养、道德文章和丰功伟业赋予他所生活的建筑以灵性，使建筑艺术又包蕴了丰富的文化内涵。作为历史文化名城，我们没有理由不善待这些文化遗产。

"善待"需要资金，而目前我市用于文物维护的专款，每年只有五六十万元，这对于一大批亟待修复的名人故居，无异于杯水车薪，何况还有众多园林的日常维护需要支出。那名人故居就真的成了"烫手山芋"，就像有些人说得那样"多了就不是财富而是包袱"。

……

说到底，目前困扰名人故居出路的关键，还是一个"钱"字。投入要有产出，而名人故居的回报效应却来得较慢，而且往往不那么直接。加上名人故居在每个街坊的分布并不均衡，这或多或少影响了开发者的投资兴趣。开发名人故居，其实就是开发文化，不能急功近利，在深层次上，恐怕还有个认识观念问题。名人故居要走出困境，亟待全社会共同关注。

——摘自《名人故居出路何在》

第7章 长洲路

  秋天来了,藏书乡的农民到苏州城里来开羊肉店。他们在苏州的大街小巷租一间旧的房子,门面是沿街的,店堂里放几张旧的方桌和一些长条板凳,靠门的地方也有一张桌子,桌子上有一个碗橱,里边是烧熟的羊肉、羊杂碎,有红烧的,也有白烧的,还有羊腰子这样的东西。冻羊羔是比较贵的,天气不太冷的时候,它也能冻起来,冻成方方整整的一块,刀切下去,也仍然是方方整整的。桌子上还有一块砧板,是用来切羊肉的,砧板很厚,上面有一层油腻,用刀刮一刮,可以刮下很多,但是他们一般也不去刮它。一只很大的木桶坐在炉子上,总是热气腾腾的,里边就是羊汤了。到羊肉店喝羊汤的人很多,有的人买一份羊肉或者羊杂碎,要加两次汤,还有的人要加三次汤,所以羊肉汤是一定要保证好的。旁边有一碗碧绿生青的大蒜,切碎的,喝羊汤的人可以自己动手抓大蒜,也有的人不吃大蒜,但是一些吃大蒜的人总是说,喝羊汤不放大蒜怎么吃法。每一张方桌上都有辣椒和盐,也都是由喝羊汤的人自己放的。在大冷的天气里,人在外面走路,冻得哆哆嗦嗦,走进羊肉店,喝一碗羊汤,就暖和了,心情也会好起来,精神也焕发了,再走出去的时候,就像换了一个人。

羊在乡下的羊圈里养着,到时候就把它们拉出来杀了。家里的人把刚刚杀死的羊装在蛇皮袋里,坐中巴车,把羊送过来,在店堂后面的灶屋里,他们把羊肉烧熟了,就拿出来卖。羊肉是新鲜的,不是冷气肉,经常吃羊肉喝羊汤的人一吃就能吃出来,所以到秋天的时候,羊肉店开出来,生意蛮好的。李时珍在《本草纲目》里说:羊肉,甘,苦,大热,无毒,可以医治很多病。从前在中药里边,用羊肉做主料的药方也是很多的。

这样的生意可以维持几个月,等寒冷的冬天过去,开春了,不等到春暖花开,他们就要关门回家。这个房子就由东家收回去,再租给别的人开其他的店,一般人家只能开到十月份,那时候,羊肉店又要开了。

陶六在长洲路的街面上租房子,香喷喷的羊肉味道飘到街上,会有人进来,羊汤,他说,陶六就笑眯眯地说,羊汤。

他在桌边坐下,店堂已经有人了,他看了看,生意蛮好的嘛,他说。

还没有到时候,陶六说,天还没有冷起来。

陶六抓了羊肉,称了,在砧板上切碎,加汤,端到桌上,然后他重新回到砧板边坐下,一只苍蝇在砧板上飞来飞去,陶六没有在意。

苍蝇,一个妇女说,她很生气,一只苍蝇。

陶六笑眯眯地看了看那只苍蝇。

我最讨厌苍蝇,妇女说,我看见苍蝇就恶心的。

嘿嘿,陶六说,城里人是喜欢干净的,他从墙上摘下一个苍蝇拍子,去打苍蝇,苍蝇停在砧板上。

喔哟哟,妇女叫起来,她说,这样打死了,更加恶心的。

陶六犹豫的时候,苍蝇飞起来,飞走了。

飞掉了,陶六说。

天还不太冷,所以还有苍蝇,一个喝羊汤的人说。

今年天气冷得晚,另一个喝羊汤的人说。

你在这里开了几年了？一个新来喝羊汤的人问陶六。

三年,陶六说。

早先的羊肉店是陶六的父亲到苏州来开的,那时候陶六还小,后来陶六长大了,他跟父亲说,让我去苏州开店吧,父亲说,也好的。陶六父亲的羊肉店早先是在采莲街,后来采莲街拆了,他们搬了一个地方,到白塔巷,白塔巷也拆了,他们又换了一个地方,到长洲路这里,已经换过好多次了。经常换地方,老顾客是不会来的,刚刚把新顾客的面孔记熟了,又要搬家,总是影响做生意的。陶六想稳稳当当地做几年事情,所以把从前的满意羊肉店改名叫长久羊肉店。

这是王宅的门厅吧？喝羊汤的人看看陶六的房子,从前是做裁缝店的,他说。

王宅是一座清代的建筑,是一个很大的宅子。王宅的门前,挂了一块"绝对控制保护住宅"的牌子,等于告诉大家,这样的房子,是不可以随随便便拆拆弄弄的,陶六的羊肉店开在这里,总是可以长久一点的。从前大户人家的门厅,做裁缝店的很多,后来裁缝的生意不大好做了,裁缝店少了,王宅的门厅租给别人开理发店,开烟纸店,开干洗店,开其他什么店,只是做来做去做不长,三天两头就换人家。再后来,陶六就过来了。

陶六的店一般晚上的生意要比白天更好,苏州人喜欢夜晚出来喝羊汤,他们夜晚在街上行走,看到羊肉店,就会有回家的感觉,很温馨的,他们就会停下脚步,或者从自行车上下来,走进店堂去。

尉敢晚上到谢北方家里去下围棋,他们杀了几盘,就结束了。谢北方送尉敢出来,他们走在长洲路上,夜里街上没有什么人,黑黝黝的树影摇晃着,秋风里有一点寒意了,偶尔有婴儿的哭声从街边的屋子里传出来,也有一两声老人的咳嗽。一个老人动作迟缓地开门出来,在昏暗的路灯下,将痰盂倒在阴沟里,又慢慢地回进去。摩托车穿过以后,街上就更安静了,小桥在前边等待着他们,河水在他们的脚下流淌,月光照着,有一点粼粼的波光,远处运河上有若隐若现的汽笛声。

你在威尼斯待了几年?尉敢说,是不是苏州像威尼斯,东方的威尼斯?

难说的,谢北方显得犹犹豫豫,难说的,他说,我说不出来,我看过一个作家写的《威尼斯日记》,他说应该为威尼斯的每一条小巷写传。

日记中是这样写的:

因为威尼斯的每一条小巷都有性格,或者神秘,或者意料不到,比如有精美的大门,或透过大门而看到一个精美的庭院。遗憾的是有些小巷去过之后再也找不到了,有时候却会无意中又走进同一条小巷,好像重温旧日情人。

应该为威尼斯的每一条小巷写传。

他说得真好,谢北方想,他的目光在夜色里有些涣散,他曾经在自己的日记中写道:

威尼斯的小巷古老神秘,美丽宁静,穿行在这些小巷,我的心和灵魂就飞回我的家乡去了。

家乡的小巷,已经是饱经沧桑白发苍苍的老人,古老的衰败的小巷……

现在谢北方站在苏州的老街上,夜色笼罩在他的心头,他的心里充满了感叹,威尼斯的历史也算是很长的了,有一千四百多年,而苏州,却是两千五百年了。

尉敢写了一篇关于苏州城市建设的文章:

有人认为,像威尼斯这种封闭式的保护,最后导致了威尼斯的衰落,威尼斯不再可能成为一座变革发展中的城市,她只能是一座没有活力的博物馆。

苏州也是一座大博物馆。

走在苏州的大街小巷,可能随便一踢,就踢到一块明砖清瓦。

苏州向何处去?

我们的结论是:苏州不能像一件古董那样封闭在橱窗里。

——摘自《故宫闲地今何在?》

谢北方看到这篇文章,给尉敢打了个电话。尉敢,他说,你有没有想过一个问题,作为一座世界著名的古城、水城,威尼斯是自始至终以自己独特的姿态立于世界著名城市之林的,她没有变成不伦不类,她也没有变成另一个威尼斯,她是唯一的,是永远的,即使有一天这座城市整个地倒塌了,整个地被历史淹没了,她留存在世人心里的风貌却是始终未曾改变的。

也许,在谢北方的心目中,威尼斯是最后的贵族,而最后的贵族恰恰是一道珍贵的风景线。这是一位悲剧英雄,她的崇高,就在于牺牲了自己的进步,给人类留下一座博物馆。

这样的牺牲,难道真的是没有价值的?

秋风吹过街头,有骑自行车的人经过,他回头看看他们两人,他们在说什么呢?他想,这么晚了,站在街头,叽里呱啦的,肯定是麻烦的事情,他在心里叹息了一声,骑车继续往前走了。家家有本难念的经,人人都有烦心的事,他边走边想。

陶六在街边的羊肉店向他们微笑。

羊肉店开了,谢北方说,喝羊汤吧。

好的,尉敢说。

他们进去和陶六打招呼,陶六认识他们,来啦,他说。

来了。

现在喝羊汤早了一点,尉敢说,火气大的,脸上会生红疙瘩的。

嘿嘿,陶六说,不会的,要么你长青春痘的。

我去年也来吃过的,谢北方说,时间过得真是快。

我前年就来长洲路开店,陶六说,他笑眯眯地帮他们舀上羊汤,在这里可以做得长的,他说,别的地方,常常要拆迁的。

在威尼斯没有羊汤喝的,谢北方说。

一个瘦瘦小小的影子从旁边过来,到羊肉店的门口停下了,外地人小金站在门口看着陶六。

你又来了,陶六说,小金,我跟你说不用来了,我跟你说我不用人的,我人手够了。

小金笑了笑。

他想到我店里来打工,陶六说,白天在建筑工地上做,晚上再来打工,你也吃不消的。

吃得消的,小金说,我身体好的。

一个民警也进来了,羊汤,他说,他看见小金,咦,刚才我看见你在舞厅那边的。

我从舞厅出来的,小金说。

你喜欢跳舞?民警说。

我不会跳,小金说,但是我喜欢看的。

就坐在那里看人家跳舞?陶六说,有什么看头!

好看的,小金说,我坐在那里,看看都开心的。

现在的舞厅,票很便宜的,有一个喝羊汤的人说,夜场只要一块钱,还送一杯茶给你吃的。

女的不要钱,也送一杯茶的,小金说,有的一个男的带几个女的进去。

大家都摇了摇头。

没有办法,到了晚上我总是忍不住要过去,小金说,我看着人家跳舞是很开心的。

嘿嘿,陶六说,嘿嘿。

我不大好的,小金心里有点难过,他说,我家里老父亲老母亲等着我把钱寄回去,可是我……

不是说只要一块钱舞票?陶六说。

小金摇了摇头,所以我想,他说,所以我想,夜里要是有事情做,我也不好去了。

民警拿手指指了一下,你们这些人呀,他说。

有的时候,小金说,有的时候我也到高级的舞厅去的。

大家看着他,小金有些难为情,他低了低头,又说,那里边的三陪小姐,真的很漂亮的。

你小子,民警说,你小子。

我只是坐在边上看看呀,小金说,她走来走去,像仙女一样。

嘿嘿,大家都笑了笑,小金也笑了笑。

大家喝了一会儿羊汤,尉敢忽然说,你说那个仙女,在哪个舞厅?

我,我,小金想了一会儿,我想起来了,夜,巴黎,夜巴黎。

大家朝尉敢看,尉敢说,既然是仙女,我们也去看看。

嘿嘿,大家又笑了笑。

他们喝了羊汤,心里边暖暖和和的,小金在身上掏了一下,拿出一件东西来,他说,你们谁懂的,帮我看看?

民警接过去,是一面铜镜,生了锈的,镜面是模模糊糊的,他看了看,我不懂,他说。

在工地上挖到的,小金说,可能是个古董。

陶六也接过去看看,他交给尉敢,你看看。

尉敢看了看,被谢北方拿过去,谢北方说,不是的。

怎么不是?小金说,怎么不是?人家都说是的。上次有一个人,也是在工地上挖的,挖到了一面汉代的铜镜呢。

那个人为了卖掉那些铜,民警说,他把铜镜砸碎了,犯了法也不晓得,真是愚昧无知。

我懂的,小金说,我晓得文物保护法,所以这面镜子我要保护好的。

你晓得个屁,民警说,你这个东西假如真的是文物,现在立时立刻就没收了。

噢,小金说,噢,是这样的。

尉敢和谢北方走出羊肉店,长洲路更加安静了,他们走到路的尽头。不用送了,尉敢说,你回去吧。

好的,谢北方说,他向他挥了挥手,有时间再来。

要来的,尉敢说,他也向谢北方挥了挥手,然后往前走了。尉敢走了几步突然停下来回头"哎"了一声,谢北方也已经转身走了,他听到尉敢哎一声,便也停下来,回头看着尉敢。

听说你那一位很漂亮,尉敢说,什么时候让我们也见见?

叫王婷,谢北方说。

我晓得她叫王婷,尉敢说。

嘿嘿,谢北方笑了笑。

我要回去了,尉敢说。

谢北方回头经过陶六羊肉店的时候,他们还没有走,仍然在说话,谢北方没有停留,他向陶六点点头,经过羊肉店就回去了。

小金也仍然在,他看了看谢北方的背影,这个人,他说,他会唱戏的,我听过他唱的。

是在那边的茶馆里吧?陶六说,那个茶馆天天唱戏,都是业余爱好的人。

那是知音轩,小金说,知音轩很大的,是从前大户人家的房子。

我去看过的,陶六说,也不算特别大。

我从来没有看见过这么大的老房子,小金说,从前的人真是很有钱的。

这其实不算什么,陶六说,我们村里就有这样的大房子,也是从前的老房子。

民警又加了一次汤,他听到陶六这么说,便看看陶六,你是藏书乡哪个村的？是明月村？

是的，陶六说，你也晓得我们村？

明月村是个古村庄，有明朝一条街，如果有人愿意写一篇文章来介绍古街，也可以这样写：

> 明月古街在藏书乡西部，是明月村内的一条街，这里是集元、明、清各古代建筑大成的地方，其中明朝的建筑最多也最好，所以有明朝一条街的美名。踏入明月街，就见街面与众不同，一律用青砖砌成"万人"字形，称之为御道，说是当年为了迎接康熙皇帝的。也不知道康熙皇帝是不是真的来过这里，手迹也是有的，传说也是有的，只是不知是真是假。从前不像现在，交通诸多不便的，船儿逐浪，马儿颠簸，皇帝老先生真能吃得来这苦，倒是叫人蛮佩服的。像现在电视上播放的那些写皇帝的电视，康熙、雍正、乾隆，个个都是好皇帝，不说身先士卒，以身作则什么的，又是文武双全，文则天下无双，武则天下无敌，就是用情，也是那么的专一真诚，真是人见人爱的好皇帝。且不管康熙是不是真的到过明月古街，反正他老人家能走遍江南，一个小小的明月街，到与不到，也无妨的。
>
> 在这里关于康熙的故事是不少的。
>
> 始建于六百多年前的轩辕宫，雄居山垣，面迎太湖，气势磅礴，壮丽无比。村前港口的演武墩，相传是当年吴王率兵训练的地方，站在这里怀想当年，是让人有很多感慨的。明月街上有许多古代建筑，像明善堂、熙庆堂、怀荫堂等都是明朝时候建起来的。在这里穿行，一个人好像也走回到古代的苏州去了。

走进怀荫堂,这是体现了典型的明代建筑特色,可惜只剩最后一进还保存比较完整,其余的大部分都已经毁坏不存了。现在存在的这最后一进,有门楼三间,住宅楼和左右对称的厢屋,即使是对建筑艺术一点儿不懂的人,站在这里就这么看看,多少也能看出些味道来的,长长短短说不出来,但是感觉是会有的。现在怀荫堂是明月村的书场,但是平时并不是经常演出的。平常的日子里,只有一两个老人在看着门,十分清静。出怀荫堂,可以走进另一座古典建筑,里面住着人家,房子已经破旧,看上去也没有维修过,一位老太太正在院子里喂鸡。

明月古街上还有几家茶馆,很小的,随便进去泡一壶茶,那个紫砂壶也不能算是很上的上品,却也是很细腻的,很有味道的。喝着茶,看着小街上偶尔走过的乡人,看他们的神情是那么悠然那么自在,一个人是会有感触的。四周没有喧哗,没有吵闹,偶尔的蝉鸣鸡叫,有点像世外桃源。

……

我们村子里有很多故事的,陶六说。

从前从来没有人去的,我们村在藏书乡的顶顶角落里,没有人晓得的,后来有一个外国人来了,他走到人家家里东看看西看看,把李阿婆喂鸡的鸡食钵也要拿起来看看,老太太说,拿它做什么?有什么好看的?龌龌龊龊的,鸡屎臭的。

NO,NO,外国人说,香的,香的,他看了看钵底,就大声地叫了起来,说,吭起,吭起!

什么吭起?小金说,什么叫吭起?

就是康熙,陶六说,这个鸡食钵,是康熙那时候的东西。

怎么样呢,外国人有没有买去?小金说,他想起了自己的铜镜。

你听我说下去,陶六说,老太太又听不懂什么吭起吭起的,什么?她说,你说什么?我听不懂的。

外国人蛮聪明的,陶六说,外国人想吭起就是皇帝,皇帝就是吭起,他就说,皇帝,皇帝,这下子老太太听明白了,噢,你说康熙皇帝。你一个外国人,怎么认识康熙皇帝呢?外国人说,树,树,树上的。

我晓得了,小金说,他是说书,书上看到的。

老太太说,康熙怎么样呢?康熙是到我们这里来过的呀,没有什么稀奇的,我家老祖宗见过康熙的。外国人说,哇呀呀,见过吭起的,见过吭起的?老太太说,康熙还同我家老祖宗对对子呢,康熙出个上联,想难倒我家老祖宗,不晓得我家老祖宗有水平的,一对就对出来了。

什么对子?民警问。

康熙的上联是:四万里皇图,伊古以来,从无一朝一统四万里;

老太太家老祖宗的下联是:五十年圣寿,自今而后,尚有九千九百五十年。

外国人听了,皱了皱眉头,说,这个对子,好像是欠龙那时候的。

欠龙?小金说,一定是乾隆,嘿嘿,外国人,不会讲中国话的,欠龙,嘿嘿。

外国人又说,好像是一个姓鸡的人写给欠龙皇帝的,是不是搞错了?

姓鸡？小金扑哧又笑了，姓鸡！

外国人有点难为情，挠了挠头皮说：不对不对，不是姓鸡，是姓挤，挤？不对不对，是姓及，及？

是纪吧，纪！小金说。

外国人后来终于念准了这个姓，是姓纪。外国人说，是一个姓纪的写给欠龙皇帝的。

老太太说，什么姓纪？我们这里没有姓纪的。什么欠龙？明明就是康熙的对子，我中国人的事情，不见得你外国人反而比我中国人清楚？要么是你搞错了，我家老祖宗是不会搞错的。

外国人点头哈腰，是的是的，他说，中国人是有学问的，连乡下的老太太也是一肚皮的历史。

嘿嘿，羊肉店里的人笑起来。

陶六继续讲下去，外国人抱牢一只龌里龌龊的鸡食钵不肯放。老太太说，你想要啊？外国人赶紧点头，椰是椰是，要的要的，老太太你要多少美金？

老太太要多少？小金说，要得多不多？

你急什么？鸡食钵又不是你的，陶六说，人家老太太，不要美金的。

要人民币啊？小金说，憨不憨的？

人民币也不要的，陶六说，送给你吧，老太太说，我们村里，吭起吭起欠龙欠龙多的是，不稀奇的，你喜欢你就拿去。

外国人一跤跌在青云里，把一块金表从手上退下来，硬劲要塞给老太太，老太太是硬劲不要的，我要表做啥？老太太说，我不要表的，我天天看太阳看月亮就晓得辰光的，不用表的，你自己戴吧，老太太说。

后来呢?

后来外国人就走了。

再后来呢?

再后来鸡食钵猫食盆全没有了,陶六说,外头来的人多了,全是冲这些东西来的,搜搜刮刮全弄光了。

唉,小金叹了一口气。

要你叹气做什么?民警说。

有一阵大家不说话了,木桶里的羊汤腾着热气,弥漫在小店里。过了半天,小金说,那个人唱戏唱得有点像女人,娘娘腔的。

你不懂的,陶六说,那是越剧,越剧就是这样的。

嘿嘿,小金说,我们乡下也有唱戏的,不过不像他这样唱的。

你在乡下做什么的?陶六说,种田?

不种田的,小金说,我和我父亲拉船的,帮人家运货,不过现在都有公路了,可以用汽车运输的。

所以不用拉船,所以你就出来了?陶六说。

不是的,我父亲仍然要在船上的,叫他不要拉,他一定要拉,拉也拉不动了。

你走了,他一个人拉?陶六说。

我叫他不要拉的,现在用船运输也不合算,小金的神色暗淡下去,喃喃地说,他一个人拉,拉不动的,他是想要我回去仍然和他一起拉船的,可是,可是……

可是你不肯,陶六说。

小金低垂着眼睛,没有回答,他心里有些忧伤,坐在陶六的羊肉店里,他想起年迈的父亲。父亲的肩头背着纤绳,纤绳勒着他,他吭唷吭唷一路哼着号子艰难地迈步,河沿岸的路总是崎岖不平的,有很多小石子和硬的泥巴,父亲一脚一脚踩在上面。我要不要回去呢?小金想。

民警终于喝饱了羊汤,我要走了,他说,今天值夜班。

民警走出羊肉店的时候,打了一个饱嗝,满嘴是香喷喷的味道,苏州人是讲究吃的,他想,这句话是很有道理的。

民警在夜里走过浴室,灯仍然是亮着的,但是也没有什么人进进出出。他们该做的事情,上午下午都已经做过。上午在茶馆里聊天、喝茶,胃口就开了,中午就可以美美地吃一顿,下午怎么办?下午到澡堂里泡一下午,真是精神百倍的,日子蛮好的。

小金从后面追上来,嘿嘿,他笑了笑。

你终于要回去了?民警说。

回去睡觉了,小金说,他们天天要打牌的,吵得睡不着。

是赌博?民警说,来得大不大?

不大的,小金说,他们没有钱的。

你赌不赌?

我不赌的,小金说,我喜欢跳舞。

是看跳舞?民警说。

看跳舞和跳舞一样好的,小金说,三陪小姐真的很漂亮。

你又不会跳舞,不好叫她陪你跳舞?民警说。

我也没有钱的,小金说,听说,她很贵的。

贵不贵,民警说,反正也不是你的事情,我到你们的工棚看过,很脏的,也不晓得打扫打扫。

懒呀,小金说。

鹰扬巷的工程,工棚搭到长洲路来,民警说,谁想出来的?

我不晓得,小金说,反正叫我们住哪里就住哪里,出外打工,就是这样,随便的,不讲究的。

这么多民工放在我们街上,民警说,我们的负担蛮重的。

我们是规规矩矩的噢,小金说,我们是白天做活晚上就在工棚里,打打牌,也有的人听听收音机,只有我是要出来的。

出来看看跳舞?民警说,有没有偷偷摸摸的事情?

没有的,小金说,我从来没有的。

我不是说你,民警说,其他人呢?

没有的。

没有就好,民警抬眼看看黑幽幽的长洲路,我们这里是老街,一直很太平的,从前是可以夜不闭户的,就是说,夜里可以不关门的。

我们乡下也是这样的,小金说,我们从前也可以不关门的,可是现在不行了,外地人要来偷东西的。

你们乡下也有外地人?民警说。

有的,小金说,我们那里有好多外地人的。

现在,民警说,人都到处乱跑的,害得我们也忙。

你们,小金向民警看看,值夜班做什么呢?

守电话,民警说。

噢,小金说,我要是做民警多好呀。

你想做的事情也蛮多的,民警说,又要羊肉店,又要跳舞,又要做民警。

嘿嘿,小金说。

民警也向小金看看,你读过高中吗?他说。

我初中毕业,小金说。

民警走到了派出所,派出所的灯光照在街上,长洲路是一条不宽的路，街面上铺着老式的石块，是那种一尺长半尺方的石条块，因为年代长久了，大家的鞋和脚把石块磨得发光发亮，灯光照下来，就闪闪的，如果有一点雨水，会更加滋润一些。

唉，小金说。

你叹气做什么？民警走到派出所的门口，又回头看看他。

你去值班了，小金说。

民警走进派出所以后，小金站在那里又看了一会儿。他看看派出所的牌子，牌子是白底的，竖挂着，上面的字是黑色的"长洲路派出所"几个字，是正楷字。小金又看看派出所的大门，大门仍然是开着的，虽然是夜里，他们可能为了执行任务方便一点，小金想。院子里有一辆小的警车，是那种很小的面包车，白色的，车身上有几道蓝色的杠杠，说不定过一会儿就有警察冲出去的，车顶上的警灯会叫起来，在夜里听到这样的声音心里有点忽悠忽悠的，小金想，这是一辆蹩脚的车子。

派出所的灯光，投在小金的身上。

第8章 乐 园

下午,知音轩书场有很多人在听书,说书先生开场白道:

才子无禄又无寿,我今天说的是唐伯虎。

唐伯虎的事情大家是知道的,蛮熟悉的,一本账大家肚皮里清清爽爽,这是一碗冷饭了,今朝为了做文章,把冷饭端出来,加一点荤油,加个鸡蛋,做成一碗蛋炒饭,或者再加点虾仁、豌豆,做成一碗扬州炒饭,端出来热腾腾,油汪汪,香喷喷……

嘻嘻,听众笑了笑。

钱芝韵也笑了笑,在书场里像她这样年纪,这样模样的人不多,不过其他听书的人也不会很注意她。头一次来的时候,大家看了看她,她觉得有一点点尴尬,后来来了几次,也就习惯了。有的人也会跟她点点头,拿她当老听客一样打个招呼,她也向别人点点头,就觉得自己是个老听客了。她来的时候,一般挑一件比较老气的衣裳,书场里的色彩是不鲜艳的,但是空气里流动的语言却是十分的生动活泼,这也是钱芝韵来了以后才慢慢地体会出来的。

从前钱芝韵听过广播书场,也看过电视书场,但是不如这样的书场生动活泼。钱芝韵想,怪不得许多人都要到书场来听书,也不怕麻烦,天天来。

钱芝韵要写一本《苏州状元》。苏州人考状元是全国有名的。从前苏州出的状元之多,考试成绩之好,是最令苏州人骄傲的。在清代苏州出的状元,占全国状元人数近四分之一,占全省一半以上。苏州人曾经自豪地将出状元当成了自己的"土产",说,夸耀于京都词馆,令他乡人惊讶结舌。

写苏州文化的书很多很多了,抄来抄去的也很多,有见解的也很多。钱芝韵有一天忽然想到,何不去听听说书先生是怎样评价状元公的,她就到书场来了。

知音轩正是热闹的时候,说书先生是绘声绘色的,弹眼落睛,两条眉毛好像活的一样,张张扬扬的:

大家晓得,唐伯虎风流倜傥,作画写诗点秋香,风流才子,白相人。

嘻嘻。

苏州人是晓得唐伯虎的,他们已经听过无数次的唐伯虎,但仍然是听不够的,仍然是要听的,仍然是要笑的。

唐伯虎天生就是一个白相人吗,他不喜欢进取?不喜欢功名利禄吗?不是的,唐伯虎是要考状元的。生活在从前的人,不同于我们现在。我们现在可以走的路那么多,可以发的财也不少,大家尚且要拥挤在一条考大学的路上呢。从前的人,没有那么多的路可走,没有那么多的财好发,没有那么多的名好出,考状元、走仕途,几乎便是他们人生唯一的奋斗目标了。唐伯虎也不能例外。即使别人可以例外,唐伯虎却是不能例外的。为什么?因为他是苏州人呀,苏州人不考状元,别人谁还敢进考场混?

钱芝韵的书中,是要写到唐伯虎的,虽然唐伯虎一生并未状元及第,但是像《苏州状元》这样的书中,却是不能不写到唐伯虎的。

　　那时候的唐伯虎,志在必得,满面春风,积极准备第二年赴京会试考状元。哪里想到,命运却在这里跌翻一个大跟斗,搅到一档子考场作弊案子里,差点儿糊里糊涂就掉了脑袋。脑袋结果倒是没有掉,但是考状元的希望当然是化为泡影了,而且名声大大的不好,见了熟人唐伯虎都抬不起头来,人人骂唐伯虎无耻,所以,到后来,朝廷虽然还是给了点面子,仍然让唐伯虎做了个小官,但是唐伯虎实在是羞于赴任,便回老家来。此时此刻,从前巴结他、想讨张画的人,从前奉承他、想跟着沾点儿光的人,都离他远远的,连妻子仆人,也看他不起。唐伯虎悲愤交集,却无处申辩。
　　老婆也离了婚,家庭也没有了,功名也没有了,一切都没有了,怎么办呢?人还得活下去呀。唐伯虎便四处出游,历尽中国的大好山水,大大地得益,再回苏州作画,画道突飞猛进,名声再起,也算是出了一口鸟气。
　　好了好了,唐伯虎啊唐伯虎,官场既然容不得你,你也就罢了,你现在的画画得那么好,名声那么响亮,从富贾豪绅到文人雅士，甚至京城里的大官们，甚至还有皇帝的亲戚，也都跑到苏州来向你讨画，或者到处托人求觅，千方百计，钻天打洞要求你的画，唐伯虎自己以这种生活方式自娱，活得蛮自在的。

唐伯虎呀唐伯虎，事已至此，对官场应该已经看穿，做一个名画家多好，没有冤假错案，更没有性命之忧，何乐而不为？

其实不然，事情发展到这一步，唐伯虎其实仍未彻底看破一切，他的进取之心，尚未死去，功名之心，尚未丧失，他仍然是不甘心的，他仍然想在官场上有一番作为。何以见得？那时候，江西宁王朱宸濠，想谋反了，到处网罗人才，听说苏州的唐伯虎名气才气很大，便以厚礼重金相聘，表现得非常非常地尊重人才尊重知识，好像说，他皇帝不是看不中你唐伯虎吗，有我宁王在，我宁王是有眼光的，我宁王是识人才的，我宁王看得中你，我宁王重视你、重用你。唐伯虎终于被感动了，唐伯虎尚未死去的功名进取之心又活起来了，跃跃欲试了。他摒弃了"闲来写幅丹青卖，不使人间造孽钱"的平静生活，义无反顾，直奔重视他、看得起他、承认他的价值的宁王而去。

假使这时候唐伯虎早已经看透官场黑暗，他还会奔黑暗而去吗？

话说唐伯虎到得南昌，虽然有宁王的花言巧语，虽然也有宁王的很好待遇，但唐伯虎毕竟是官场上的过来之人，很快就发现了宁王的谋反之心。唐伯虎叫苦不迭呀，你宁王原来是想拉我来为你的谋反出谋划策呀，就算你宁王待我再厚，我也不能干谋反的事情呀。我因考场一个小小的冤案牵连，就被逮捕入狱,吃了那么多年的苦头,受了那么大的罪。你宁王也许是真的重视我,也许是为了利用我,我且不管你到底为什么请我来,你要我帮助你搞谋反,我是万万不能干的,谋反是要砍脑袋的呀。我虽然官运不佳,脑袋我还是要的。

当然唐伯虎恐怕也不会不设想谋反的另一种结果,那就是成功。失败当然是要砍脑袋,满门抄斩,那么成功呢?至少跟着宁王弄个师长旅长当当。不如冒他一险,不成功便成仁?但是唐伯虎思来想去,他还是不干。在可能砍脑袋可能做大官和既不砍脑袋也不做大官的两条路上,他到底还是选择了后者。大官不做也罢,性命还是要的。若人的性命都没有了,还有什么?

唐伯虎已经看出了宁王的意思,而且他看得非常之准确,但他不敢表现出来,不敢三当六面地跟宁王说。宁王啊,我知道你的意图了,我不跟你干了,放我回去吧。唐伯虎当然知道,他这么一说,他的性命也一样没有了,他只能把自己变成个傻子、呆子、疯子,成天装疯卖傻。宁王厚礼重金请来个傻子、呆子、疯子,怎么办呢?也是无可奈何的,放他回去罢。但宁王也不是笨蛋呀,既然唐伯虎能看出宁王的意图,宁王难道就看不出唐伯虎的诡计?宁王怕唐伯虎泄露消息,虽然放了唐伯虎回家,却又暗中通知苏州的官监视唐伯虎。唐伯虎刚被放回苏州的时候,暗自庆幸自己逃过大难,大概以为从此人生太平,还可以干点自己喜欢干的事情吧,可是过了不多久,就发现有人暗中监视他,知道最后的一点人身自由也被剥夺了,从此彻底灰心丧气,生命也觉全无意趣了,五十四岁,因病而逝。清代有人写诗纪念他,说:"才子无禄又无寿,生死悲歌总可怜。梦断东都空岁月,香锁南国尽风烟。"

这就是唐伯虎。

啧啧。

唉唉。

苏州人都为唐伯虎的命运叹气。从古往今来许多的文学作品里,大家看见的唐伯虎,都是一个风流潇洒快活如神仙的唐伯虎。钱芝韵几乎是头一次从文学作品中看到了一个接近历史真实的唐伯虎。

"满载清闲一棹孤",钱芝韵写道,这是苏州人向往的境界。

人类社会是从最自然的状态中走过来的,走着走着,就发现不知从什么时候起,人抛弃了自然,远离了自然,人在物质的樊篱中呼吸不畅,人在人为的矛盾中心力交瘁,与谁同坐,明月清风我,还是自然好。自然里满是清闲,清闲是金钱难以买到的,清闲是前世修来的,清闲是人生的好境界,清闲是我们所追求所向往的归宿。

但是从前的自然已经永远地消失,清闲世界不见了,所以,再造一个自然吧。

"造"出一个自然来,还出一片清闲来,这就是苏州的园林了。

有了苏州园林,也就找到了那一片清闲。

无数的文人墨客,为苏州写诗作文,说什么呢,说苏州清闲,苏州这地方真是好,烟波日日钓鱼舟,醉眼看山得自由。泛舟太湖,正值天高气爽,真是心旷神怡,又喝了一点酒,正是醉眼蒙眬的时候,看烟波浩渺,群峰葱茏,忘情山水,好一派潇洒;杨柳阊门路,悠悠水岸斜,多么安静的一幅田园诗画;小巷十家三酒店,豪门五日一尝新,苏州人很有口福,晓得过日子,酒店茶社那么多,你出得家门走两三步,大概就有一家,尽管进去小饮,从早晨喝到晚上也无妨的,何况苏州人又是那么讲究吃,要吃新鲜货。这也难怪,本来这地方,物产丰富,商业繁华,时鲜四时不绝,当然是要"尝新"。从前说,佳品尽为吴地有,一年四季卖时新,这不能怪苏州人嘴馋。你若不讲究吃,不喜欢玩,也行,苏州这地方也是可以让你静静心的,轻裘骏马慵穿市,困倚蒲团入睡乡。你睡你的,没有人来吵你。你走进苏州园林,那更是一片宁静,小馆曲折,翠玲珑,绿窗环绕,竹柏芭蕉掩隐,凤篁类长笛,流水当鸣琴,环境幽静,与世隔绝。听雨轩,留得残荷听雨声,没有嘈杂的人声,只有宁静的雨。你嫌花香俗艳吗,有远香堂,有疏香暗影楼。你正在思念远方的友人吗,有问梅阁,借问梅花堂上月,不知别后几回圆。你喜欢独自欣赏夜景吗,到风来亭,晚色将秋至,长风送月来。

　　真正是满载清闲了。

　　唐伯虎大半生,吟诗作画,亦自称"江南第一风流才子",算得上满载清闲了吧。

　　但是,一、满载的不是清闲而是孤愤。二、满载的看起来是清闲其实是无奈。三、清闲也不是生下来就从娘胎里带来的。苏州人,也喜欢热闹的,也喜欢荣华富贵的,也喜欢被皇帝看中的,甚至被宁王看中也很开心的,也愿意在宁王手下干出一番事情来,但是不行,要掉脑袋,罢了罢了,什么也不要了,回家吧。

无奈中且追寻淡泊吧。

——摘自《满载清闲一棹孤》

钱芝韵写的文章绕得比较远了。钱芝韵是学历史的,她从大学的历史系毕业以后,就一直在博物馆工作。历史对于她,应该是家常便饭的东西,但是她仍然感觉到一些问题。

离知音轩不远就是豆粉园。钱芝韵来到豆粉园的时候,钱老先生果然还没有回家,他看到女儿来了,有些奇怪。咦,他说,你怎么也来了?

我来看看你,钱芝韵说。

到底女儿好的,贴肉,老张向钱芝韵说,钱先生身体蛮好的。

我是不大放心的,钱芝韵说,他非要一个人待在老屋里,叫他住过去他不肯的。

我不去的,钱先生说,到那边闷的。

不闷的,钱芝韵说,那边也有老人活动的地方。

我不欢喜的,钱先生说,我欢喜老屋里的。

外地人小金走到豆粉园门口,他往里边看了看,这里不开放的?他说。

不开放的,老张说,不过,你要是想进来看看,也可以的。

小金点了点头,就走进来,这是古典园林,他自言自语地说。

你的水池还漏不漏?钱芝韵问钱老先生。

有点漏,钱先生说,不过也不要紧。

我叫个人帮你搪一搪吧,钱芝韵说。

不用的,钱先生说,麻麻烦烦的。

不麻烦的,钱芝韵说,请个泥水匠。

小金向他们看看,说,我就是泥水匠,要不要我帮忙?

搪一个水泥的水池,钱芝韵说,要多少钱?

不出钱也不要紧的,小金说,一点点水泥,也算不了什么,我帮你们到工地上拿一点就是了,人工是我自己的,我帮你们做做无所谓的。

你,钱芝韵又看了看他,你在哪里工作?

我在鹰扬巷的工地上,小金说,我有身份证的,他把身份证拿出来给钱芝韵看。

钱芝韵不好意思看,她说,如果你方便,哪天请你帮帮忙了。

咦,邻居忽然想起了什么,钱先生,好像说你女婿是乐园的老总呀。

是的呀,钱先生说。

呀,邻居说,老总的老丈人,搪一个水池还搪不起来?

小事情,不麻烦他的,钱先生说。

大事情要麻烦的,邻居说。

我也没有大事情,钱先生说。

乐园,小金眼睛里闪出一层光彩,乐园很大很大的。

在狮子山脚下,邻居说,说到乐园,我倒想起来了,明天乐园有文艺晚会的。

是吗?钱芝韵说。

这一次,都是著名的歌星来唱歌,邻居说,有周华健,还有什么什么人。

你是不是要票?钱芝韵说。

我不要的,邻居说,我不喜欢的,我是听单位里的人说起来,他们喜欢的。

乐园的门口有一个很大的喷泉,小金说,水喷得很高很高。

你去过乐园?老张说,我倒还没有去过呢。

我没有进去,我在门口看看,小金说,好看的呀,像宫殿一样的。

从小我们都晓得狮子回头望虎丘的,邻居说,现在去看看,青山绿水的狮子,五颜六色、张牙舞爪了。

它不再是一个静卧着的古老而悲凉的充满诗意的传说,而是一只站起来吼叫的猛狮。

葬于此的吴王僚和葬于虎丘的吴王阖闾,是不是已经被吵醒了?

——摘自《小苏州的大手笔》

静卧着好?

站起来好?

古城苏州,细致秀逸的山水长卷宛若天成,在宁静淡泊的水墨画上添加浓墨重彩的一笔,这一笔,添得如何?

和谐的。

有意义的。

是最大的败笔。

1993年,苏州新区经济发展进入空前的高潮,一条非正式的新闻随风飘向了苏州的大街小巷:在狮子山脚下建迪士尼乐园。

问题迅即推到苏州人眼前:在古老的有浓郁民族传统文

化特色的苏州,全面引进美国文化?在小城建一个大乐园?

苏州,处处蕴含着一个"静"字,是缓缓的细小的溪流。

即将来到苏州人生活中的迪士尼文化却不宁静,它是喧闹的文化,是张扬的性格,是奔腾的大海。

一石激起千层浪。

专家们心急如焚,狮山的自然景观浑然天成,任何人工痕迹都将破坏这种风格。

文化人心情沉重,古城的风貌,是经过多少代苏州人付出多少代价精心保护保存下来的,倘若在我们手里破坏了,我们将何以向子孙交代,我们又怎么有脸去见祖宗?

老百姓,抱着与己无关的态度,袖手旁观,你干成了,我就来看看,指点你的不足;你干不成,我就骂你。

——摘自《小苏州的大手笔》

王剑是在那时候走马上任的。

手机响起来的时候,王剑正在接待外商。外国老板很赏识王剑的能力和见识。他试探王剑愿不愿意替他干,如果愿意,年薪将是一个惊人的天价,王剑笑了笑。

我的想法,他说,要想干大事情,还是得替共产党干。

正在这时候,他的手机响了,他看到手机上显示的对方电话,王剑说,是秦市长?

王剑,秦天说,你的资料弄好了没有?

弄好了,王剑说,我尽快给您送去。

好的,你马上过来一下,秦天说,我有事情要和你谈。

马上?王剑心里掠过一种预感,什么事?

你晓得的,秦天说,明知故问。

王剑回到办公室,把准备好的资料再看了一遍。

西晒的太阳落在豆粉园大门的门楣上,钱先生差不多也该走了,他站起来,又朝豆粉园里张望张望,走了,走了,钱先生说。

要不要我帮你去搪水池?小金说。

改日吧。

钱芝韵搀扶着老先生沿着深深长长的小巷慢慢地走出去,小金便呆呆地望着他们的背影,乐园,他自言自语地说,乐园。

乐园也吃到批评的,邻居说。

为什么呢?

为什么?总之,总之,邻居说,总之人家有意见的。

哪天我也要去看看乐园,老张说。

门票很贵的,小金说,八十块钱一张票。

王剑准备的资料的部分内容:

A. 严峻的考验:游乐场泛滥

一组数字:

1. 1995 年统计,全国微缩全国景观 25 个,微缩世界景观 20 个。

2. 1997 年统计,上海水上乐园 17 家。

3. 从 1992 年开始,无锡先后建成唐城、宋城、三国城、水浒城、亚洲城。

4. 仅就主题乐园而言,在苏州乐园开园之前,附近地区就有上海郊县的环球乐园、梦幻乐园,苏州地区的福禄贝尔科幻乐园、太湖明珠乐园、吴越春秋等率先开业……

再看几篇文章的题目:

《主题乐园遭冷落令人深思》《人造景观建设应该画上句号了》《水上乐园不容乐观》……

B. 热得快,冷得也快,几乎是一夜间,火爆一时的游乐场突然熄灭了旺盛的生命之火,惨淡经营,奄奄一息

曾经对游乐场情有独钟的游客,突然变了脸,拂袖而去,无情无义。

批评铺天盖地,指责纷纷而来,教训一二三四五,后悔莫及。

一方面,花大价钱大搞人造景观,一方面,许多历史古迹因为没钱而得不到保护;

信息时代却不重视信息,邻近地区上马的游乐项目如同孪生姐妹,重复,雷同,游客说,唉,走到哪里都一样;

文化品位低,层次浅,粗制滥造,在古人建造的精妙别致的山洞口,搁置一个现代人制作的粗俗的泥塑仙女欢迎游人,下雨的时候,不得不用塑料布将仙女盖上,让人哭笑不得……

最要命的是,投入了,却回收不来,拿什么来还贷款,拿什么来还集资,拿什么支撑敞开着的乐园,拿什么来养活一大批的雇员?

站得高看得远的人说,这是昙花一现的东西。

会算账的人说,这是蚀本生意。

安分守己的人说,有钱还是存银行吧。

苏州乐园从它的孕育到诞生,分分秒秒都面临严峻的考验。

1995年7月,乐园首期——水上世界开园;1997年2月,乐园二期——欢乐世界开园。

再看几组数字:

1. 水上世界开园两个月,游客67万。

2. 欢乐世界开园半年,游客超过120万,门票收入达7000万元。

3. 1997年5月1日,欢乐世界人数达3万……

C. 结论其实是次要的

对部分游客的调查了解:

个体理发师:一家三口,三八二百四,咬手了,还有,快餐太贵。

上海人:一家亲戚朋友六人同来。问:门票贵不贵?

答:出来旅游,总是要花钱的,舍不得花钱,出来干什么?

新加坡房地产商,回答两个字:很好。

问:好在哪里?

答:生活在古城的苏州人,可以体验一下现代化。

苏州人:女,某公司职员。问:门票贵不贵?

答:门票倒还可以,但是人太多,等于花钱买排队。

问:以后还来不来?

答:来。

问:为什么?

答:为了孩子。

大学老师:古老的狮山,注入了新鲜的生命活力。

画家:缆车上山,太煞风景。

没有统一的结论。

也无须去统计赞成和反对的比率。

　　王剑将资料放进皮包,我已经竭尽全力了,他想,这样的东西,能够撑住秦天的那爿天吗?

第9章　旌烈坊

秦天是在大树巷里长大的。大树巷有一棵大树,在土地庙前面的空地上。这是一棵香樟树,要几个人围起来,才能抱它一圈。它有几百岁的年纪了,仍然显得很年轻,树枝树叶仍然是茂盛的,树干仍然是挺立的,树上的鸟儿每天要唱歌。因为树太高太大,小孩子是不可能爬上树去掏鸟窝的,他们只是用弹弓在树下弹射,他们的子弹总是半途而废,它们只能穿透几片薄薄的树叶,抵达不了筑在树顶的鸟窝,鸟儿们在上边欢快地跳跃。在大树的阴影下边,小孩子觉得自己是渺小的、低矮的。在小孩子童年和少年的记忆中,这样的印象是深刻的,是永远也不会被磨灭的。

在建造防空洞的时候,民兵来锯这棵大树,他们手臂上套着红袖章,腰里扎着皮带,说,备战备荒为人民。

那个时候小孩子正在睡梦中,等他们醒来的时候,土地庙前已经是空空荡荡了,他们的心里也空空荡荡了。第一次经历人生的这种滋味,他们不晓得那是一种什么样的滋味,说不清楚。开始的时候,他们甚至懵懵懂懂,不晓得到底缺少了什么。

后来土地庙也没有了,在土地庙的地方,建起了高的楼房。

大树巷的人,都从低矮的小房子里搬进了楼房,他们现在生活很方便,都是现代化的,他们很扬眉吐气,他们在别人面前骄傲,他们邀请亲朋好友来做客,今非昔比了,他们说,一跤跌到青云里。再后来,大树巷也没有了,这里已经是一条宽阔的马路了,车水马龙,很热闹。从前住在这里的人,以后再走过,他们站在陌生的街头,有点惘然若失,他们茫然四顾,就像在寻找什么。

秦天现在也会经过这个地方的,但他多半是坐着车子经过,司机如果得不到秦天的指示,不会让车速慢下来。秦天几乎每次都想下车走一走,但是他从来没有这么做,前面等着他的事情太多。从前的大树巷,从他的心里一掠而过,像快车道上川流不息的车辆。

秦天的车,穿过已经不存在的大树巷,在葛家园农贸市场停下来。

秦市长:

    您好。

    今天给您写信,是想请您在百忙中抽空,到葛家园农贸市场看一看,了解一下民情民意。

苏州一市民

秦天并不知道今天他要来看什么,他顺着一个挨一个的摊位慢慢地走,叫卖声此起彼伏,软绵绵吴侬软语不绝于耳。苏州话是糯、软、柔、嗲,细语轻声,温情脉脉。秦天想,真是可以用很多形容词来形容的,所以大家说,宁和苏州人吵架,不和宁波人说话。或者说,宁和苏州人吵架,不和某某地方人说话。这个某某地方,不一定非指哪里,总之只要不是苏州,不是苏州的地方,他们说出来的话,总是不如苏州人说话柔软、温和,于是苏州人走到外面去,或者外面的人到苏州来,耳朵里听到了苏州话,总是说,咦,苏州话真好听,其实他们也听不懂。

有两个买菜的苏州人吵起架来,你急什么急,急急忙忙赶死去?一个人说。

你慢慢吞吞等屎吃,另一个人说。

两个人说的话都不大好听,所以火气都有点儿上来了,都把菜篮子放在地上,看上去准备动手了。

你嘴巴这么龌龊,一个人说,要用马桶刷子刷一刷了。

你嘴巴这么老卵,另一个人说,要请你吃一记耳光了。

卖菜的外地人都哄笑起来,嘿嘿,他们笑道,打人还这么客气,打耳光还请不请的,嘿嘿。

吵架的两人,脸都涨得通红,他们把自己的肩膀让到对方的面前,你打呀,一个人说。

你打呀,另一个人说。

嘿嘿。

嘻嘻。

外地的人又笑了,自己不打叫别人打,哪有这样的?

你怎么不打?一个人说,你不敢打是不是?

你怎么不打?另一个人说,你没有胆量是不是?

你不打?一个人说,你不打你就是缩头乌龟。

你不打?另一个人说,你不打你就是——

他们伸出手指指点点,离对方的鼻子尚有一段距离,始终是动嘴不动手的。

一个北方卖菜的男人十分不满意,这也叫打架?他说,这样也算男人?

嘿嘿嘿,他们都笑。

秦天也忍不住笑了。苏州人在日常生活中和别的地方人是一样的,也有高兴的时候,也有生气的时候,也和人一起喝酒吹牛,也会与人吵嘴打架,只不过在表现方式上,也许和别的地方的人有所不同。

在我们那里,北方人说,恐怕头都破了,血也流了,弄不好已经有人进了医院,有人进了班房。你这叫什么,叽里呱啦烦了半天,就这么不了了之啦,就这么散啦,这也叫打架?没见过,不可思议。像我们那里,两个人走在街上,走着走着就打了起来,打得头破血流,最后打到派出所,警察问,你们打的什么架,有仇?没有。有怨?没有。欠债不还?没有。第三者?不是。那你们打什么?他是谁,你是谁,两人面面相觑,我不认识他是谁,他也不认识我是谁,两个互相不认识的人,在街上走着走着就打了起来,为什么呢?两人异口同声说,我看着他不顺眼,来气。来气怎么办?打!

怎一个打字了得!

野蛮的,吵架的一个人说,野蛮的。

野蛮的,另一个人说,江北人野蛮的。

他们互相笑了笑,拎起自己的篮子,再会,一个人说,向另一个人挥挥手。

再会,另一个人说,他也挥挥手。

北方人目瞪口呆地看着他们,过了好一会儿,他突然大声喊起来,卖鱼卖鱼,新鲜的活鱼。

秦天在市场里绕了一大圈,问了问菜的价格,到有公秤的地方看了看，没有发生缺斤少两的事情。秦天重新又想了想那封群众来信的内容，他叫我来看什么呢？

秦天有些疑惑地走出来，他站在菜场的入口，一座石牌坊高高地竖立在他的眼前。这是一座明朝的牌坊，叫旌烈坊。秦天心里突然一亮，他晓得了，他们是叫他来看这座牌坊的。

《吴门表隐》记载，旌烈坊在葛百户巷口，徐鲤鱼桥北。明末巡抚张国维为阵亡千总周嘉暨妻烈妇王氏奏建，并有专祠，久废。今坊仍在徐鲤鱼桥边。

这就是旌烈坊。

苏州人是喜欢旧日情绪的，一位苏州出身的史学家他是这样写苏州的：

我小时候所看见的苏州城市街道，几乎全是唐、宋朝代的样子。唐朝诗人白居易做过苏州刺史，他的诗里曾有"红阑三百六十桥"的句子，到我出生时，苏州城里的小河仍旧那么多。苏州府学里留着一块石碑，叫作《大宋平江城防图》。平江府是宋朝苏州的名，上面刻绘着一座苏州城，同我小时候所见的苏州城池几乎全然一样，只是城中心的"吴王城"被明太祖朱元璋拆掉了，那时这片断井颓垣，一半做了士兵的操场，一半则变成高高低低的瓦砾堆。除此之外，一直没有什么变化。

苏州是一座周围三十六里的长方形的水城，水道同街道并列着，家家户户的前门都临街，后门都傍水。除非穷苦人家，才搭了一个没有院子没有井的"下岸房子"。一条条铺着碎石子或者压有凹沟石板的端直的街道，夹在潺潺的小河流中间，很舒适地躺着，显得非常从容和安静。但小河则不停地哼出清新快活的调子，叫苏州城浮动起来。因此苏州是调和于动静的气氛中间，她永远不会陷入死寂或喧嚣的情调。

　　小河是苏州的脉络血管，轻便的交通利器，低廉的运货骡马，它们还使苏州更美起来……

　　秦天站在旌烈坊高而宽大的阴影里边，心中不免升起一种宁静而崇高的感情，在紧张的现代生活中，他想，人是否真的需要在历史的旧影里停留片刻？

　　而眼前的旌烈坊，像一道关卡，卡住了进出菜市场的运输车辆。秦天拦住一位老太太，老人家，他说，请问——

　　咦，咦，老太太瞪着他，咦？

　　请问老人家，他说，这个旌烈坊，是不是——

　　咦，咦，老太太向旁边的人招招手，喂，你们来看。

　　大家朝秦天看了看，咦，其中一个人说，你是——

　　他是那个——老太太说，他是那个——

　　市长，另外一个人说了出来，他有点儿激动的，市长。

　　嘿，嘿嘿，嘿，嘿嘿，老太太笑了，是我先看出来的。

　　我说怎么脸熟呢，又一个人说，我说怎么好像认识的，现在想起来了——

　　电视上天天看见的，大家一致地说，电视上看见的。

　　你是管拆房子的，一个人对秦天说。

　　秦天笑了一下，不知怎么回答他们，他指指高大的牌坊，这个牌坊，他说，这个牌坊——

　　要拆掉的，老太太说，不拆掉，这里车子进也进不去的。

不能拆的,另一个老人说,这是古牌坊,是文物,要保护文物的。

不拆不来事了,再一个人说,这里天天堵塞的,上班时候经过,人要急出毛病来的。

怎么不是!一个推自行车的人说,从前大家都晓得,苏州城里是路路通的,随你走进哪条弄堂,总归能够走出去的。现在倒好,变得路路不通了,今朝你走哪条路不堵塞?能够顺顺畅畅走到底,拐出去,算你额骨头高。

曾经在唐诗中,出现过描写苏州"坊市六十"的诗句,比如白居易就说过:"七堰八门六十坊",在《吴门表隐》《宋平江城防考》《百城烟水》这些史书里,记载苏州牌坊,是很多的:

  武状元坊 乐桥南纸廊巷。林缥所居。缥为廷魁,郡守谢师稷以表其间。

——《吴郡志》

  纯考坊 嘉熙中吴潜建,以表里人剖心疗母病者。

——《宋平江城防考》

  德庆坊 祥符禅兴寺桥西。直龙图阁卢秉奉其亲,年八十余,故以表坊。绍定二年重立。

——《吴郡志》

凋零的几下锣声在石牌坊的脚下响了响,猢狲出把戏,有人说,山东人又来了。

他们都向那边看了看,秦天也看了一下,嘿嘿,有人笑起来,市长也看猢狲出把戏?

很快已经围起一个圈子,耍猴的山东人手里拿一根绳鞭,高高地扬起来,一只老猴和一只小猴惊恐的眼睛盯着绳鞭,它们的眼睛里流露出凄凉哀怨孤立无助的神情,让人看了,心里有点难过。山东人让小猴跳舞,说了半天,小猴却不肯跳,山东人就拿鞭子打了它一下,又对老猴说,你去打它,老猴就去打小猴了,它走上前,对准小猴的脸打了一下,小猴吓了一跳,老猴又打了一下,小猴低垂着脑袋逃开了,逃得远远的,山东人开心地笑起来。

另一个山东人开始收钱,他从围着观看的人群的这一头,走到那一头,再走过来,再走过去,却只有很少的人给钱,给很少的钱。他向大家作揖,说,在家靠父母,出门靠朋友。圈子里猴戏继续上演,收钱的人继续笑眯眯地向大家收钱。

路边有几家古董店,店堂和柜台都是乱七八糟,什么东西都有,秦天走过的时候,被堆在墙角的一堆旧门窗吸引住了,他稍稍放慢了一下脚步,店主就走出来招呼,先生,看一看,看一看,都是正宗货。

正宗货,秦天笑了笑,什么正宗货?

正宗古董,店主掏出烟来,来,先生,抽根烟。

秦天摇摇手,你这里,他说,好货不少呀。

当然的,店主有点骄傲起来,这个,他说,宋代石刻,这个,唐朝的瓷碗,还有这个,这个,绝对正宗的。

嘿,秦天忍不住又笑了笑,他说,你这样就把自己推到一个两为其难的境地了。

什么？店主有点警惕了，你是谁？干什么的？

你不要问我是谁，秦天说，如果这些东西，真如你所说，是宋代石刻唐朝的碗，那就是属于国家保护的文物，是绝对不允许买卖的……

什么？店主脸色有点难看，你说什么？

假如不是什么宋代石刻，不是什么唐朝的碗，秦天说，那你就是坑蒙拐骗，假冒伪劣，也是要受到处罚的。

你是谁？你是谁？

你不要紧张，秦天说，我不是来查你的，不过，你这种雕虫小技，实在太拙劣。

嘿嘿，嘿嘿，店主又掏出烟来，先生，抽烟，抽烟。

秦天走到店堂的角落里，这里胡乱堆放着一些旧的门窗，他抓起一扇窗的铜环看了看。

店主急忙凑过来，先生，这是真的。

真的？秦天说，什么是真的？

窗是真的，真的是窗，是从老房子上拆下来的，店主说，真的。

你从哪里收购来的？

人家送上来的，是农民工，店主说，外地人。

在哪个工地上的？

鹰扬巷。

秦天又看了看几扇门。要不要，要不要，店主揣摩着秦天的脸色，便宜一点，便宜一点。

秀珍和红花从院子里出来的时候，被一个民工拉住了。

你们怎么可以这样？民工说，又是你们两个。

红花紧紧抓住手里的蛇皮袋,她有点害怕,她说,怎么办?

秀珍也有些害怕,但是她没有表露出来,没事的,她说,我又没有拿他什么,一些旧东西,他也没有用的。

又是你们两个,民工说,昨天晚上已经来过了,今天又来,你们怎么能这样?

昨天晚上不是我们,秀珍说,我们没有来过。

肯定是你们,民工说,我看见就是你们,偷了一次就算了,我们也不来管你们,今天又来。

另几个拆墙的民工也走过来,他们散开来站着,就像围住秀珍和红花。红花说,怎么办?她将蛇皮袋移到身后,其实也藏不起来的。

民工说,把东西放下就让你们走。

没有什么东西,秀珍说,你们有什么东西?!

你们有什么东西?!红花也说。

没有东西你们来干什么?民工说,另几个民工也说,把东西拿出来。

鹰扬巷里已经搬走一些人家,剩下的一些没有搬迁的居民,听到吵闹声,有些人过来看热闹。

拿出来,民工说。

拿出来,另几个民工说。

没有的,秀珍说,你们有什么东西?!

民工生气地走近秀珍,你拿出来,另一个民工上前推秀珍一下,秀珍退到墙上靠着。

我要走了,红花说,天要晚了。

民工挡住她,你不能走,不许你走,民工想推红花,但是没有推。

男人欺负女人,一个中年人抱不平地说,他捧着一只保温杯,杯里茶水的热气腾起来,在他的面前有一小团白雾,他不平地说,强凶霸道的。

你知道什么?民工说,你根本不知道情况!

我怎么不知道情况?他有些激愤地说,你们欺负两个妇女,野蛮的。

谁野蛮?民工说,谁野蛮?你问问她们两个,叫她们自己说。

一个织毛衣的妇女说,你们拿了他们什么东西,就拿出来算了。

没有什么东西,秀珍说,他们有什么东西?!

强盗,民工生气地说,像强盗了。

另几个民工去夺秀珍的蛇皮袋,秀珍紧紧护住,他们去扒她的手,拉拉扯扯,秀珍跌过来,又跌过去。

干什么?捧保温杯的中年人说,我看不过去的。

一个骑自行车路过的青年下车来,不要动手,他说,不要动手。

不动手她不老实的,民工说,她们狡猾得很。

有什么东西呢,捧保温杯的中年人说,一座空房子,有什么东西?

老傅家我们都晓得的,织毛线衣的妇女赞同地说,都搬走了,连扫帚也带走了,我们晓得的,老傅是做人家的人,不见得会留下什么东西的。

没有东西,她蛇皮袋里装的什么?民工气愤地说。

倒出来,几个民工一起说,声音很大,加上他们横眉竖眼的样子,叫人有些害怕。

还给他们吧,红花眼睛盯着秀珍,给他们吧。

不给,秀珍说,是我的东西。

你的东西?民工说,你偷的。

他们终于从秀珍手里抢了蛇皮袋,民工提起蛇皮袋兜底一倒,里面的东西都被倒在地上,横七竖八的。

一堆旧电线,捧保温杯的中年人说,什么好东西呢。

织毛衣的妇女也凑过去看看,她看到一个旧肥皂盒,哎哟,她说,这种东西,买一个新的一块钱,五颜六色都有。

你还说没偷,民工抓着蛇皮袋扬一扬,你还说没偷,这些是什么?

你们的院子又没有门,也没有围墙,秀珍说,谁都可以走进去,我们不能算偷的。

一个民工把民工的头叫来了,他的脸像一把刀,样子凶巴巴的,走过来的时候,带来一股凶的气息,大家不由自主地让开了一点。

干什么干什么?民工头说,偷东西还嘴巴凶,偷就是偷。

喔哟,偷什么呀?捧保温杯的中年人说,这些东西,值什么钱呢?

民工头横了他一眼,你懂什么?你走开!

我为什么要走开?他说,我就站在这里,这地方又不是你的。

民工头说,怎么不是我的?这旧院子是我花钱买下来的,这地方就是我的。

你的?织毛衣的妇女说,马上就变成一堆乱砖碎瓦,你的什么呀。

用不着别人管,民工头说,是我买下来的,我负责拆除,里边的东西都是我的。

东西？什么东西呀！宝贝,骑自行车的青年说。

一堆旧电线。

一个旧肥皂盒。

一团乱纱。

他们说着,笑起来。

民工头气恼地瞪着他们,想说什么,但是想想又没有说,他不再理睬他们,回头对秀珍说,东西留下,滚。

我不滚,东西是我的,秀珍蹲下来护住地上的东西,我不滚。

不滚送你去派出所,民工头说,叫你吃洋铐。

我们前天已经送进去一个,民工说,也是一个女的,女人不要脸的。

骂人不对的,捧保温杯的中年人说,骂粗话算什么,野蛮的。

骂？民工头说,骂算什么,我还要打呢。

有本事的人就是打人。

现在靠打人吃饭也有的。

打人犯法的,你敢打吗？

管你们屁事,民工头的瓦刀脸涨红了,我就打,你们能怎么样？他的手握成了拳头,猛地出击,打在秀珍肩上,秀珍猝不及防,一屁股坐倒在地上,她没有想到哭或者是叫痛,张着嘴愣愣地看着民工头。

真的打人了,捧保温杯的中年人退后一点,真的打人了,无法无天了。

民工头瞪着他,我打了,你怎么样,你是不是要帮她来打我？

关我什么事？捧保温杯的中年人说,但是你打人总是不对的。

打人不对,民工头说,她偷东西是对的?

偷东西也不对的,织毛衣的妇女说,偷东西当然是不对的。

那就是了,民工头说,我晓得你们城里人也是讲道理的,你们知道这几个女人,多么讨厌。

天天来偷,民工说,昨天晚上才来过,今天又来。

你说该打不该打?民工头说,不打她还要再来的,还要带一大帮的人来偷。

一个戴眼镜拎着包的老人走过,干什么?他问。

打人,捧保温杯的中年人说。

偷东西,民工头说。

偷了好几次,民工说。

打人总是不对的,戴眼镜的老人说,有话好好说,打人干什么?

民工头的火气又起来了,叫她到你家去偷,他凶巴巴地瞪着老人,你怎么样,欢迎她偷,请她吃饭?

有人笑起来,坐在地上的秀珍也笑了,红花看到秀珍笑,她也笑了一下。

笑,笑个屁!民工头气不打一处来,我就要打,打得她不敢再来。

民工头踢了秀珍一脚。

啊哇哇,秀珍说。

你打,你打,老人说,我们是群众。

群众怎么样?民工头说,群众怎么样?

群众可以说话的,老人说,群众没有怎么样,但是群众可以说话的。

说话怎么样?民工头说,我怕你们?

怕不怕是你的事,捧保温杯的中年人喝了一口茶水,说,说不说是我们的事。

我见得多了,民工头说,文打官司武摔跤,我怕鸟!

一个老太太走过来,起来吧,老太太说,天气冷的,坐在地上要受凉的。

我不起来,秀珍说,他把我打伤了,我不会起来的。

你们是从哪里来的?老太太问,是安徽吗?

听起来是山东口音,骑自行车的青年说,是山东人吧?

红花点点头,脸微微有些红了。

把这些东西拿进去,民工头用脚踢了踢地上的旧电线,拿进去。

我不拿的,你打了我一拳,踢了我一脚,秀珍说,不能白打的,也不能白踢的。

哼哼,民工头说。

我受伤了,秀珍说,你要陪我去看病的。

现在的医药费很贵的,捧保温杯的中年人说,看个伤风感冒都要几十块。

甚至上百块,骑自行车的青年说。

一个人从远远的地方奔过来,他是小金,小金叫了民工头一声,那边,电话,他说,说是哪个领导要来了。

谁?

不晓得。

来干什么?

不晓得。

在哪里?

不晓得。

民工头瞪了瞪秀珍,用脚又踢了踢旧电线,拿十块钱出来,滚。

我没有钱,秀珍说,她翻着自己的口袋,你看,你看,我哪里有钱?

滚,要是再看见你,民工头说,不要怪我不客气,他奔到另一个地方去了。

我们没有钱,秀珍向民工说。

她们干什么?小金看了看红花和秀珍,你们干什么?

没有人回答他。

你们没有钱,民工说,我们也没有钱,我们还不知拿什么回家过年呢,老婆孩子等了一年,以为我们在城里挣了多少钱的。

天气很冷的,以后还会更加冷一点的,你们不如回家去吧,老太太说,还是家里好。

老话说,金窝银窝不如自家的狗窝。捧保温杯的中年人说,回家吧,在外面受人家欺负的。

我们不回去,秀珍说,我们干什么要回去?

这地方很好,红花说,我喜欢这里。

你们住在哪里?老太太问。

老乡的工棚里。

你家里很苦吗?织毛衣的妇女问,苦得怎么样?

红花笑了笑。

地荒的吗?

不荒。

没有饭吃吗?

有的。

没有房子住吗?

有的。

没有衣服穿吗?

有的。

那也不算很苦的,织毛衣的妇女说,有吃有穿有住,在农村里,就是这样的。

而且没有人欺负你们,捧保温杯的中年人说,怎么反而在外面好呢?外面有什么好呢?住工棚,也不方便的。

方便的,红花说,还是这里好,我是喜欢这里的。

我也是喜欢这里的,小金说。

红花抿着嘴一笑,我说话关你什么事?

咦,小金说,我是喜欢这里的。

这里有什么好呢?织毛衣的妇女说,你们在这里有什么好呢?

这里是城市呀,红花说,我不想回家的。

我们不回家的,秀珍说,我们干什么要回家?

跟她们说不清的,捧保温杯的中年人说,走了,天都要黑了,人都走了。

红花帮秀珍拍拍屁股上的灰尘,你的屁股痛不痛?红花问。

不痛,秀珍说,他根本打不倒我的,我是假装倒下来的。

秀珍你真的很来事,红花敬佩地看着秀珍,我是不行的,我怕得要死,我的心荡来荡去的。

小金跟着她们走了几步,不要紧的,他说,他们是样子凶,心里其实善良的。

你怎么知道?红花说,要打人的,还善良呢。

我知道他们的,小金说,我们是老乡,我们是一个村的。

你不要跟着我们,秀珍说,你跟着我们干啥?

小金挠了挠头皮,有点不好意思地停下来。

她们走到巷子口,巷子口的那一幢房子也开始拆了,有一个人在摘墙上的一块牌子,蓝底白字,秀珍和红花都看了看牌子,秀珍不认识其中的一个字,什么扬,她说,什么扬巷?

鹰,红花说,老鹰的鹰。

噢,秀珍说,鹰,鹰扬巷。

红花、秀珍拐出巷口的时候,和秦天交叉而过。

鹰扬巷17号是清代建筑,现在已经是一片废墟了。

在以后的有关文章里,将会有这样的记载:

> 鹰扬巷某工程涉及一座清代民居,被施工部门不明就里拆除了。文管部门发现后,尽力追回建筑材料,转送风景区使用。

秦天站在这一片废墟面前,天色已经暗下来。在城市的大街小巷,到处都有卖报的摊点,大家在下班的路上,停下匆匆的脚步,买一两张报纸,带回家去,是一天紧张工作的一个段落。在这一天的晚报上,登了一篇文章,题目叫作《我们丢失了什么?》

> 每一个城市都有每一个城市的灵魂。苏州的灵魂,是小河、民居、园林、古塔有机的统一,如今,数百家房地产公司竞相批租开发世界名城,以图发财,你挖一块,我占一方。
> ——摘自《我们丢失了什么?》

批租开发的文件,从秦天的手里开出去,像雪花一样在这个城市的大街小巷飘舞。

>君到姑苏见,
>人家尽枕河,
>故宫闲地少,
>水港小桥多。

吟诵了千年的诗歌,是不是就要在我们这一代人的手里成为绝唱?

>人家尽枕河,是旧,但这个旧,不是愚昧,而是历史。我们今天抹掉人家尽枕河,就是抹掉了历史。
>水港小桥多,是土,但这个土,不是落后,而是特色。我们今天拆除了水港小桥多,就是拆除了特色。
>——摘自《我们丢失了什么?》

在同一天的日报上,有另一篇文章,题目是《青烟袅袅随风去》:

>小巷里,马路边,煤球炉一字排开,青烟袅袅腾腾。在老苏州人的心目中,这就是九十年代以前,我们这座城市的早晨。至今想起来,那只小小的煤球炉,和那些围炉而坐的夜晚,仍能倍感家的暖意。
>然而,在飞速发展的社会中,再守着三桶一炉(马桶、

浴桶、吊桶,煤球炉),再守着一步一颤的楼梯、地板,钻风漏雨的木窗、望砖,那算个什么现代化呢?

——摘自《青烟袅袅随风去》

这是一个难得空闲的夜晚,天气有点冷,秦天面前是一堆残砖碎瓦。1933年,章先生在苏州成立章氏讲学会,他们举家迁到苏州,汤夫人回忆说,太炎带着白金龙香烟一听,火柴一盒,到场时,即有人员招待并喊:"章先生到。"众皆起立,表示敬意。

第 10 章　小　巷

秦天陪马南十走在古老的长洲路上,长洲路是东西向的,在长洲路的主干上,向南向北枝蔓出许多小街小巷。

上等青砖或者光滑鹅卵石砌一条小巷,巷子像古装戏里的长长细细的水袖,小巷也不一定是笔直的,有时候有点弯,这弯,就弯得很有韵味,叫你一眼望不到边,感觉很深,很深。

小巷深处是一片静谧的世界,如果长长的小路是它的依托,那么永远默默守立在两边的青砖、黛瓦、粉墙、褐檐,便是它忠诚的卫士了。老爹坐在门前喝茶,老太太在择菜,婴儿在摇篮里牙牙学语,评弹的声音轻轻弥漫在小巷里,偶尔有摩托穿越,摩托过后,又有卖菜的过来,他们经过之后,小巷更安静了,四周没有喧哗,没有吵闹,有远处运河上若隐若现的汽笛声,真有些世外桃源的意思。

——摘自《苏州风情》

一个老人坐在门前喝茶,另一个人也过来坐坐,讲讲张,他说。

讲讲张,老人说。

马南十心里便涌起了浓浓的乡情,讲张,他在心里念叨着这个既陌生又熟悉的词。

随便走进苏州的一个小书场里,可能说书先生正在说"讲张"。"讲张"不是独立的一个书目,说沈万三的故事,就要说到"讲张"了。

  从前的人讲起来,贫困的地方是穷山恶水,泼妇刁民,那么像苏州这样富足的地方呢,人人都做顺民,个个都想安逸,过太平日子,好死不如赖活,何况活得也不赖,悠悠万事,性命唯大。

  谁做皇帝都一样?

  也不见得。

说书先生是会吊人胃口的,是会先声夺人的。

  朱元璋做皇帝的时候,对苏州人可不怎么的,可以说是很不好呀。为什么呢?朱元璋天生不喜欢苏州人?天生要仇恨苏州人?那倒也不见得。天下万事万物,总是有来由的,谁叫你苏州人帮助张士诚和我作对?老实告诉你们,你们当初这么为张士诚卖力,今天呢,我打败了姓张的,我做了皇帝,我对你苏州人,就老实不客气了。

原来如此,头一回听沈万三故事的听客心里这么想。

本来如此,听过沈万三故事又重新再听的听客心里这么想。

那么苏州人又为什么要帮助张士诚呢?

我们且不说张士诚这个人到底怎么样,我们也不说他在元末时在苏州称王称得如何,我们只说张士诚对苏州人怎么样。张士诚这个人不管怎么说,不管怎么评价他,他到底对苏州人是好的,无论他是天生的对苏州人有感情、喜欢,或者是为了巩固他的江山,为了坐牢他的姑苏王的位子,总之说来,张士诚对苏州人蛮好的。何以见得?老百姓的传说故事中就有许多,有讲张士诚关心老百姓的,有讲张士诚讲义气的,张士诚还特别看得起苏州的文人。文人嘛,其实是没有什么用的,并不厉害,只要有人看得起自己,就很高兴了,就心甘情愿地说他好,就写文章说他好,便留下许多文字,说张士诚以及他的重臣们,虽然喜欢喝酒喜欢杀人,但是对苏州的文人以礼相待。他请苏州文人做他的官,给他们造豪华的住宅,给他们优厚的待遇,重视他们的作品,与文人酒来诗去,真正打成一片了。

既然你一个称了王的人,对我们这么好,我们苏州人,当然也不是没有良心的,你帮助我们,我们也要帮助你,希望你能一直在苏州做王,苏州人的日子就好过了。所以苏州人帮助张士诚真是尽心尽力,甚至也不惜牺牲自己宝贵的生命。总之一直到朱元璋打败了张士诚,张士诚已经死了,苏州老百姓嘴里还在不停地讲张士诚好。朱元璋当然来气,要发火了,叫官兵看到讲张士诚好的人就捉起来杀头,弄得苏州人个个提心吊胆,一看到官兵来了,就闭嘴。官兵说,你们在讲"张"吗?苏州人说,我们不讲"张",待官兵一走,大家又开始讲"张"。以至到了后来,"讲张"便成了苏州方言中的一个词语,苏州人一开口说话,就称讲张,可见张士诚,是多么深入苏州人的心呢。

这就是"讲张"的来由了。马南十从北京回到故乡苏州,他下了飞机,又走下汽车,踏在长洲路老街的石子街面上,小巷两边的人家,传递出浓浓的烟火气息,马南十心里就涌起一股暖暖的感觉,回家了,他想,真好啊。

一个老人和另一个人坐在门前的矮凳上,太阳暖暖地照着。昨天电视里,有一个人抢银行,老人说。

拿了一把玩具枪,另一个人说。

一个年纪蛮轻的人,老人说,好像是研究生。

抢四十万,另一个人说,我在电视上看见的,四捆,一捆是十万。

马南十停了下来,他看看他们,老人和另一个人也看看马南十,他们对他笑笑。

放在一个包里,老人说,是四捆。

后来他走到门口,却不会开门,另一个人说。

从前我的阿爹也是这样的,孵太阳,讲张,马南十说,他是乡音未改鬓毛衰,至今仍然一口浓重的苏州口音。

苏州人是这样的,秦天说。

其实,马南十说,很早以前的苏州人,是很粗蛮的,被文明的北人称为南蛮的,恐怕也有苏州人的份。

司马迁曾描述过,地广人稀,饭稻羹鱼,或火耕而水耨,且长期保留断发文身习惯,一直到三国时期,仍被称之为"蛮人"。

社会渐渐地发展了,苏州的经济条件由于种种原因好了起来,特别到了唐中叶以后,本来发展很快的北方社会由于长期战乱连年兵火,使经济遭到严重破坏和阻碍。这时候的南方,相对稳定,已经知道拼命发展经济是大大有好处的。你打仗吗,好吧,那我就安安心心地搞我的经济建设了。很快,南方的发展就赶上和超过了北方。在南方广大的土地上,有一块地方,尤其引人注目,这就是苏州。

"十万夫家供课税,五千弟子守封疆",这是唐代的苏州。白居易说,"曾赏钱塘嫌茂苑,今来未敢苦夸张"。过去曾经觉得杭州比苏州好,今天才感觉到不能这么说了,苏州是那么的繁华,那么的雄壮有力,人口是那么的多,所谓的"人稠过扬州",到处又是那么的热闹,"处处楼前飘管吹,家家门外泊舟航",真是"坊闹半长安"呀。苏州的风景是那么的秀丽,而苏州人的贡献又是那么的大,"版图十万户,兵籍五千人",真是很了不起。这小小的苏州,居然有十万人家在缴税,有五千战士在守边疆,相比之下,杭州哪里还敢夸口呢?

从前的苏州人呢,粗犷的,是要动手动脚的,是"尚武"的。比如你看著名的吴楚之争,更著名的吴越之战,都是苏州和人家吵架打仗争夺地盘称霸王。《汉书》上说,苏州人"皆好勇","民至今好用剑,轻死易发"。从前苏州人勇猛骁悍,是令人刮目相看的,若不是勇猛骁悍,以苏州一个小小的吴国,怎么可能打败齐国、晋国、楚国那样的一流大国而得到霸主地位呀?再说一件众所周知的东西,那就是打仗的武器:剑。当中原大地上的人,还都在造铸青铜礼器的时候,苏州人已经有了锋利、精致的剑戈啦。你看苏州人曾经是多么好斗,多么强悍,多么不怕死。一年四季打仗,衣食住行生活等事,恐怕是讲究不起来了吧,只能马马虎虎了,将就着吃穿吧,只要能把仗打赢了,其他都是小事。但是,随着时代的发展社会的进步,事情变得不一样了,苏州人开始变得文雅起来,不喜欢打仗了,不喜欢闹事了,为什么呢?因为我现在日子好过了呀。我丰衣足食,我小日子美美的,太太平平的,很安逸的,一打仗,说不定把我的好日子打没了,我也不得安宁了,要妻离子散流离失所了呀。还是不打仗,不动武的好,有什么事,不能好好地坐下来,心平气和地谈一谈吗?不见得非动刀动枪不可。好吧,那我们就尽量不再打仗吧。那么不打仗我们干什么呢?可以干的事情多得很,看看书,三五人凑在一起,干什么呢?说说你最近看了什么书,有什么感想;说说我最近写了几首诗,念出来大家听听,文人集会的风俗就这么出来了。大家讲话也是文绉绉的,因为谈的东西都是文绉绉的呀,大家都之乎者也,苏州人就从尚武转向崇文了,不打仗了,时间也多了,经济建设也快了,日子也富裕了……

——摘自《十万夫家供课税》

老人和另一个人仍然在说着他们的话,银行里一个人说,我来帮你开门,老人说。

这个人很勇敢的,另一个人说。

马南十和秦天慢慢地沿着小巷走过,马南十是从小在苏州长大的,对苏州的历史渊源,对苏州的城市格局,对苏州的一砖一瓦,对苏州的老百姓,是又熟悉又亲切,他看到他们,听到他们说话,心里就会暖暖的。

马教授,秦天指了指对面的一条小巷,那是马医科巷,周作人先生写过的。

> 第二天往马医科巷,据说这地名本来是蚂蚁窠巷,后来讹传,并不是真的有个马医生牛医生住在这里,去拜访俞曲园先生的春在堂。
>
> ——摘自《苏州的回忆》

马南十向对面的小巷看了看,他说,顾颉刚先生认为苏州的小巷是天下第一的,他的理由有四:一、城址不变。二、城市格局是超前的,水是运输的,巷是走人的,这种城市规划的想法,美国人在二十世纪初才产生。三、苏州小巷的建筑材料是因地制宜,苏州人用本地的材料建造出适合自己居住的城市。四、苏州的巷,考虑南采光北通风,其价值和意义是超过北京的。

在中国城市建设的领域里,马南十虽然没有一官半职,只是一介书生,但他享有"古城保护神"的声誉,是一位无冕之王。他在推土机下救出一座座的历史名城和古镇,对于自己的家乡平江,更是情有独钟,倍加呵护。

苏州古城之内是文化的精华区域,有许多国家级、省级、市级文物保护单位,老屋旧宅成堆连片,几乎是密不通风的。因此,她的拆拆建建始终是小心翼翼、如履薄冰。也曾经有几次,政府改造旧城的整体方案已经拿出来,却终因众口难调而作罢。

听说,马南十侧过一点身子看着秦天说,今年夏天,一场雨又是杀杀辣辣的。

秦天点了点头。

这一带,马南十指了指长洲路,街巷和民居都进了水?

是的,秦天又点了点头,今年的水很大。

平江城的排水抗涝能力,怎么会一下子降到如此低的水平?马南十皱了皱眉头说,低得抵抗不了一两场大雨?

众所周知,平江城的城市格局,最大的优势不仅在于她有独具一格的"水港小桥多""人家尽枕河"的水乡风貌,更在于她的河道纵横贯穿,水系脉络畅通,因此,平江虽然湖荡众多,河港密布,但她的排水抗涝能力从来都是一流的。千百年来,江南大水颇多,水患频繁,但古城区内,是从容和安静的,这里的街道河港狭小,却是十分顺畅的。正如史学家顾颉刚先生说的,它们能叫"苏州城浮动起来。因此苏州是调和于动静的气氛中间,她永远不会陷入死寂或喧嚣的情调"。

从前的人,恐怕不曾想象,假如有一天,被称作古城血脉骨架肌腱经络的河道街路和弄堂,一旦拥塞,一旦堵死,一旦污染,这座因水而生的古城,将会是什么模样。"一条条铺着碎石子或者压有凹沟的石板的端直的街道,夹在潺潺的小河流中间,很舒适地躺着",这清雅的情调还能继续吗?

马南十虽然是向着秦天提的问题,但他并不需要回答,所有的问题都是明摆着的,秦天是分管城建的副市长,城市建设和城市改造有什么问题,他都是首当其冲的。

秦天仍然沉默着,过了一会儿,他忽然说,我常常在想一个问题,能够在两千五百多年中基本保持独特风格的古城,在这个地球上,还剩几座啊?

马南十点了点头,秦市长,他说,我了解苏州人的,苏州人对苏州的钟爱,是无与伦比的。

是的,秦天心里一阵感动。回想当年,他大学毕业,交的论文题目是《苏州古城风貌论》。

走在充溢着古意弥漫着烟火气的长洲路上,秦天心里十分明白,马南十为什么在会议开始之前,要叫他来走一走长洲路。

> 对历史文化名城和一般性历史较久的古城来说,不宜对历史格局作根本性的改变,这可能毁坏了更多的历史信息。
> ——摘自《景观园林新论》

根本性的改变,秦天想,偏偏我们赶上这样的时代。

我们也可以不做,秦天想。

但是我们不可能不做,秦天长长地出了一口气,既然我们处于这样一个破旧建新的时代,我们是别无选择的,我们是不可逃避的。

旧城改造提案会议,是众目关注的一个重要会议,这个会马南十非到不可。他是市委市政府聘请的古城保护区总顾问。我不会做一个空头的顾问,马南十说,我不可能不顾不问的。

秦天的心一会儿往下沉,再沉,一会儿又吊起来,吊起来,这些年来,小敲小打的事情天天在做,但是无法彻底改变古城的状况,交通问题、城市破旧、水患问题……

这许许多多的问题,马南十都清清楚楚。一个人的心脏出了毛病,不拿心脏开刀是救不了的,但是……

秦天心里也是清清楚楚,马南十不会同意他的方案,他们是同床异梦,心照不宣。

话说回来,马南十说,在苏州当官是难的,苏州是全国人民的,苏州的一草一木,一砖一瓦,苏州人自己都不可以随便动一动的。

是的。

牵一发而动全局,马南十说,多少双眼睛盯着苏州,多少人在关心苏州,苏州是举步维艰的。

是的。

马南十却又摇了摇头,说是举步维艰,他说,事实上,这几年你们走得不慢呀;说是不敢随便动,但这几年你们的动作够不够大?

秦天无法回答。

当然,我也晓得你们的想法,马南十说,如果这也不许动那也不许动,再过十年、二十年、五十年,甚至一百年,别的城市都发展进步了,苏州怎么办?

苏州人做大官的不多,眼看不能做官了,就不做。我是想做好官的,想为官一任、为民造福的。但是如果不允许,那我就不做了,叫我做坏官我是万万不肯做的。其实苏州人里,亦有许多好官,范仲淹就是一位值得苏州人大大骄傲的好官。先天下之忧而忧,后天下之乐而乐,以天下为己任,范仲淹做官,是一心想着百姓的,公正廉明,清官。

一天,范仲淹叫人做了一百个馒头,自己先吃了一个,将九十九个交给用人,说,这里有一百个馒头,我回来时你交给我。他外出回来,用人要交馒头了,可数来数去只有九十九个,范仲淹说,你偷吃了一个是吧?你说出来,我就不罚你,你不肯承认的话,我要重重地罚你。用人心想,也就是一个馒头,犯不着被家法从事,就承认了吧,于是说,是我偷吃了一个。范仲淹听了,心中感慨万端,这就是冤枉官司,明明是我自己吃了一个,把用人稍微这么一吓,他就认了,如果做官也是如此,那是要加害于民的呀,所以范仲淹为官时,审理案子,特别细心,一向不肯动刑逼供,也从来不会冤枉好人,这样的好官,是苏州人。

范仲淹做官肯为做主,他的高风亮节,也影响了在他后面做官的苏州人。范仲淹死后,苏州人民为了纪念他,在苏州城里为他造了祠堂。主持这事情的苏州地方官,是范仲淹的门生,命人在祠堂前铺了一条精致的石板街,哪知惹了事情出来。却原来这样的石子路,和皇宫里的龙骨街一样。要知道,这样的街,皇宫里只有一条,祭孔圣人的文庙里也只有半条,你范仲淹难道要和皇帝比,难道比孔圣人还了不起?奸臣便把事情添油加醋报到皇帝那儿,皇帝果然生气了,下令拆掉这条街,在圣旨上写道:"留头不留街,留街不留头。"

地方官说,好吧,我是范仲淹的学生,我要向老师学习,既然范先生一生清白,我也不能玷污了他,街是一定要留的,不留头就不留头吧,于是果然就留街不留头了。地方官被砍了头,但是那条街却保留下来了,一直到现在还在,街名叫作范庄前。

——摘自《先天下之忧而忧》

范义庄位于城内范庄前,现为景范中学。北宋皇祐元年(1049),范仲淹"置义田里中,以赡族人"。据说当时有义田一千亩。为管理义田,范用自己的祖宅改建为范氏义庄。用义田的收入来救济贫苦的同族人,并附设书院,供族内子弟免费就读。范义庄建筑,现只存主体大殿,在景范中学内,1985年进行了整修。范义庄门前,原有一座旌表范仲淹的牌坊,上镌"世济忠直"匾额,牌坊上还刻范仲淹名言"先天下之忧而忧,后天下之乐而乐",此坊毁于1966年。1989年范仲淹诞辰一千周年纪念时,在天平山重建了"先忧后乐"牌坊。

——摘自《苏州文化手册》

马南十和秦天散散漫漫地走在长洲路上,好像什么事情也不会发生,好像一切都和昨天一样,小巷里有一个人家门口挂着医生的牌子:陈氏祖传针灸科。

一个年纪大的人从里边走了出来,有一个人送他出来,那个人说,老刘慢走。

老刘向他笑了笑,老刘的动作有些迟缓,他抬头看了看门上挂的招牌,念道,陈氏祖传针灸科,他的声音很大。

陈医生,他说,陈医生。

这个医生不姓陈,有一个过路的人停下来说。

另一个过路的人说,怎么会呢,陈氏祖传怎么会不姓陈?

反正他不姓陈。

噢,另一个人说,可能是女婿。

怎么搞的,聋了?一个开摩托车的人停下来瞪着老刘。

嘿嘿,老刘向他笑笑,你认错人了。

什么?开摩托车的人说。

你认错人了。

开摩托车的人愣了愣。

没事的,老刘说,认错人的事情经常有的。

开摩托车的人莫名其妙地开走了。

巷口烘山芋的人看到老刘,针好了?他说。

去针灸的,老刘说,他做一个捻针的动作。

好像针了很长时间了,烘山芋的人说,也没有用。

每天,老刘点头说,每天都要去的。

烘山芋的人指着自己的耳朵,仍然听不见?他摆手说。

你耳朵也不好?老刘说,你也可以去针灸。

烘山芋的人笑起来,我的耳朵很好的,他说。

老刘也笑笑,回去了,他说。

嘿嘿,马南十笑起来。

嘿嘿,秦天也笑了。

  比如唐朝
  独在异乡的陌生人
  随便说一个
  李白之类的名字
  就有手伸过来
  将他牵回家去
——摘自《想起唐朝》

第 11 章　街头巷尾

老陶每天到街头的报栏去看报,他穿过小巷的时候,有人说,老陶,去看报?

去看报,老陶说。

报栏里有各种各样的报纸,老陶戴上眼镜,慢慢地看,站得累了,就找个地方坐一坐,坐一会儿再看。

老陶回来的时候,有人说,老陶,看过报了?

看了,老陶说。

有好玩的事情吗?

有一个人,老陶说,喝醉了酒。

后来呢?

他上了出租车,老陶说,他对司机说,我要回家。

他家在哪里有没有告诉人家司机?

没有,老陶说,他一上车说了这句话就睡着了。

那怎么办呢,司机往哪儿开呢?

司机没有开,老陶说,司机点了一根烟。

给喝醉酒的人抽吗?

司机自己抽,老陶说,司机抽完一根烟,就推那个人,把他推醒了,司机说,喂,你到家了。

那个人怎么样呢?

那个人说,师傅你车开得很快呀,他推开车门就下车走了。

嘿嘿。

他们笑起来。

回去了,老陶说。

老陶回到家,老伴已经做好了晚饭,老陶说,我回来了。

家里订了报纸,老伴说,你还要到外面去看。

报栏里报纸多,老陶说,有十几种。

幸亏家里有人给你做饭,老伴说。

报纸上有很多有趣的事情,老陶说,有一个人,患了老年痴呆症。

吃吧,老伴说。

他把鞋子放进锅里煮,老陶说。

吃饭的时候不要瞎说,老伴说。

真的,老陶说,不过老年痴呆症不是疯子,煮了一会儿他就晓得不对,就拿出来了。

我也老了,老伴说,你不怕我把鞋子放进锅里煮?

还有一个人,也是老年痴呆症,老陶说,他的特征就是经常忘记回家的路,出了门就不认得回来。

那他后来怎么回家呢?

他跑到派出所去,警察问他住在哪里?老陶说,地址他是晓得的,警察会把他送回去。

他大概是走不动了,老伴说。

不是的,老陶说,那个人真的是老年痴呆症。

你怎么晓得他是真的?你认识他?老伴说。

报纸上登的,老陶说。

  本报讯:医院院墙内活鼠乱窜,硕鼠在人面前"招摇过市",灭鼠药成了摆设,这是南京爱卫办17日在市某医院检查时看到的令人惊诧的一幕。

  检查人员当场在鼠洞边摆上粘鼠板测试,不到三分钟,一只老鼠落网。医院的病人和职工反映,众目睽睽之下经常有老鼠爬出洞来晒太阳,医院的CT室、X光室等处的电缆多次被咬坏……

           ——摘自《扬子晚报》

尉然走进街道办事处的时候,有一个男人走了出来,一个女人跟在他的后面。

你以为离婚是很容易的事情?他说。

反正我是要离的,她说。

反正我也是要离的,他说。

他们不同意也不要紧的,她说,我们法庭上见。

你以为我怕?他说。

他们走远了,仍然在说话,尉然走进民政办,老丁笑眯眯地站起来,你是尉然女士?

你怎么晓得的?尉然说,你猜的。

我看得出是你,老丁说。

老丁会相面,另一个办事员说,他一看人的脸就晓得是什么人,来干什么的,他都晓得。

嘿嘿,老丁说,八九不离十的。

要来麻烦你们的,尉然说,我需要一些资料,我正在搞一个关于离婚的心理方面的——

我晓得的,老丁说,我们都晓得你。

从前你主持的节目,我们都喜欢看的,另一个办事员说,你离开电视台以后,就再也没有像你样的主持人了。

尉然笑了一下。

今天,经济的发展正日新月异地改变着我们的生活、改变着我们的观念,其中一个不容忽视的社会现象也在潜移默化地迅速发展着:离婚。离婚率的快速上升成为影响个人、家庭、社会的热点问题,备受社会各界的普遍关注。

——摘自某电视剧创意背景

你需要的资料,我们初步替你统计了一下,老丁拿出一沓材料交给尉然,你先看看,还有什么需要补充的,你尽管说。

我想在你们这里上几天班,尉然说。

婚姻,作为一种幸福的象征,是志同道合的男女双方的。但是,一旦夫妻感情确实已经破裂,那么勇敢地面对现实,与过去分手,则是一种明智的选择。

——摘自《当代离婚现象剖析》

一个男人走进来,一个女的跟在他的后面进来,我们要离婚,男的说。

老丁向女的看了看。

是的,女的说,她有点笑眯眯的样子。

坐,老丁说,坐下说。

没有什么好说的,男的说。

理由总要说一说的,老丁说,没有理由怎么给你们办离婚呢?

她打麻将,男的说,天天打麻将,也不管小孩,也不烧饭。

你是这样的吗?老丁说。

是这样的,女的说。

你干什么要这样呢?老丁说。

我下岗了,女的说。

下岗也可以找事情做的,老丁说。

我找过的,女的说,卖了两个月的盒饭,赔了三百;帮人家买菜,人家说我落菜金。

那你就不做了,靠打麻将过日子了?老丁说。

嘻嘻,女的笑起来,我手气好的。

她就是这副戳腔的,男的说。

我杠头开花,女的仍然笑眯眯的,杠头开花翻倍的。

关于离婚,他们认为以下几方面目前相当突出:

——因追求理想的爱情婚姻,不满现实的"凑合婚姻"而提出离婚。

(据北京市调查,以夫妻感情不和为理由而提出离婚的约占全部离婚案件的百分之六十,这说明人们对婚姻的质量提出了新的要求,爱情在当代人的婚姻中占有越来越重要的位置。)

——因男方经营无能、致富无门而提出离婚。

(这类离婚案件是伴随着改革开放政策的实施而出现的。特别是在农村,由于每个农户发展不平衡,某些家庭的男主人无经营才能,生活仍然很贫困,女方不满,于是提出离婚。这类案件目前在全国约占百分之七,有的地区高达百分之二十一。)

——因男方致富后有不良嗜好而提出离婚。

(近年来,城乡出现了不少万元户,他们物质上富足了,精神上却仍空虚,有不少人就染上了酗酒、吸毒、嫖娼、赌博等恶习,从而导致夫妻感情破裂。浙江某地区,因赌博离婚的竟占百分之四十左右。)

——因男方重婚、纳妾而提出离婚。

(一部分暴发户以金钱为诱饵,公然纳妾、重婚,其配偶知悉后无法忍受而离异。这类案件上升幅度较大。)

——因一方出国学习、工作而引起离婚。

(改革开放后,我国出国留学、考察、工作的人多如潮涌,其中不少人无意再回,因而导致原有的婚姻解体。这类人占出国人员中的相当数量。)

——第三者插足的现象已由以往的隐蔽转向公开,甚至出现第三者到法院帮助当事人打官司离婚的现象。

(据统计,在离婚案件中,因婚外恋而引起的离婚已占总数的百分之三十,个别地方高达百分之四十。)

——"无故而离"。

（一些夫妻的家庭生活没有异常,也无婚外恋,但他们却坚持离婚,理由是:生活在一起没有意思,不幸福。据分析,这一方面是客观生活的程式化,天天上班、下班、吃饭、看电视、睡觉,生活单调乏味,缺少调剂和变化;另一方面,当事人双方在主观上也缺乏共同努力,疏于开拓新的生活领域,忽视了精神上的沟通和理解,久而久之,自然觉得无聊厌倦。)

——摘自《婚姻如围城》

下午时间,街巷里人来车往,熙熙攘攘,既平淡又夹着一些兴奋,尉然心里就有一种说不清的茫然的感受,她的呼机响起来,是尉敢打来的,让她速回电。尉然犹豫了一会儿,她无法给尉敢回这个电话。在这一组人物关系里,尉然无法起润滑的作用。

人物关系:

　　王剑——王婷:兄妹
　　王婷——谢北方:恋人
　　谢北方——尉敢:同学
　　尉然——尉敢:姐弟
　　尉然——王剑:同学

此外还有:

　　尉敢——小尹:夫妻

尉敢常常想起小金说的话,小金说,她走来走去,像仙人一样的。

尉敢想着,就笑起来,他的心里很甜蜜。

她就是王婷。

或者
将你我种在泥里
让我们像树一样
用叶子和花朵
说话

让我不断重复
自己说过的一些话
像一棵很傻的树
毫不在意
被春天笑话

让风把我们的话
传开来
秋风凉时
叶子坠落枝头
鸟儿们
用我们的故事取暖

——摘自《诗三首》

呼机又响了起来,仍然是尉敢的,尉然犹豫着停下脚步。巷口有一个小店,那里有投币电话。

小店的门前,有一个卖日用品的摊子,一个年轻的妇女坐在那里,尉然无意间发现她的目光也是茫然的,不知道她在看什么,也没有人知道她在想什么。

尉然换了一个五毛的硬币,她在投入硬币拨号码的时候,突然改变了主意,把电话打到钱芝韵那里去了。

钱芝韵是王婷的嫂嫂,但是有什么用呢,在整个事件中,除了王婷,还有王剑,还有谢北方,还有小尹。

所谓情人现象是泛指男女一方或双方已建立家庭,且背着配偶暗地里保持一种暧昧关系的现象。

我国六十年代到七十年代,对有这种行为的人称之为"生活作风问题",八十年代则改称为"第三者插足",而进入九十年代则为之冠以时髦的称谓"情人"。

——摘自《潮起潮落》

尉然,钱芝韵在电话那一头听出尉然的犹犹豫豫,你有什么事吗?没有,尉然说,没有什么大事,想和你说说话。

中国是一个心理病大国。

困惑、忧郁、浮躁、恐惧、孤独、焦虑、压抑、紧张、失望、悲伤、沮丧……使得具有各种心理阻碍的现代都市人迫切需要交流,需要诉说,需要抚慰,需要宣泄……

——摘自《心理咨询在中国》

尉然坐在巷口的点心店等钱芝韵,在这里她仍然能够看到那个摆摊的年轻妇女,生煎馒头起锅的时候,发出滋溜滋溜的声响,热气腾起来,她的脸就遮在热气后面了,有人走过的时候,问,拖鞋多少钱?

三块,她说。

那个人走开了。

一个妇女骑着一辆摩托车,在巷口拐弯的时候,被另一辆摩托车撞了一下,妇女跌倒在地上,那个人跨在自己的摩托车上,呆呆地看着她。

妇女从地上爬起来,说,你这个人,你这个人。

那个人仍然呆呆地看着她。

我这样跌下来,你连拉也不拉我一下,妇女说,欺人太甚了。

那个人仍然不说话。

大家围上前去看,车子有没有撞坏?有人问。

没有坏,另一个人说。

怎么没有坏?妇女说,怎么没有坏?

又有人围过来看,妇女对他们说,他是这样撞我的,她走到车子另一边,做样子给大家看,我是这样跌下去的,但是他就站在那里看着,连拉也不来拉我一把,欺人太甚。

你走走看,有人对妇女说。

妇女走了走。

没有跌伤,有人说。

你怎么晓得没有跌伤?妇女说,你没有调查就没有发言权。

我是没有发言权,这个人说。

我要报警的,妇女说。

打110,有人说。

不对的,要报交警的,另一个人说。

钱芝韵坐到尉然的身边,尉然才发现了她,你来了,尉然说,我正在看他们吵架。

两位,吃什么?点心店的人问。

馄饨。

生煎馒头。

钱芝韵看了看尉然的脸色,有什么心事?她说。

王婷怎么样?尉然说,好吧?

咦,钱芝韵有些奇怪,你晓得的,她是最吃香的工作,外资企业白领,春风得意的。

尉然点了点头。

你问她干什么?

没什么。

钱芝韵疑疑惑惑的,她还没有结婚,与你的课题沾不上边吧?

尉然笑了笑,她努力把尉敢的念头赶走。

你的课题,进展怎么样?钱芝韵说。

直到十九世纪的浪漫主义大诗人拜伦还如此这般地大发其慨:可怕的是,既不能和女人一起生活,又不能过没有女人的生活。

当然,今天的女人也完全可以这样回击大男子主义者拜伦:既不能和男人一起生活,也不能过没有男人的生活。

似是而非,似非而是,片面的深刻,深刻的片面。

——摘自《第三次离婚浪潮》

我想问你一个问题,钱芝韵说,有多少结过婚的人,心里有过离婚的念头?

我有的,尉然想。

我也有的,钱芝韵想。

她们相对笑了一下,生煎馒头和馄饨上来了。

吃吧,钱芝韵说。

吃,尉然说。

老陶出门的时候,老伴站在门口望着老陶的背影,有人走过,他说,老陶看报去了?

老伴说,看报去了。

老陶身体不错的,这个人说。

他有病的,老伴说。

是什么病?这个人说,要不要紧?

老年痴呆症,老伴说。

噢,这个人说,倒看不出来。

他是轻度的,老伴说。

噢。

早期的。

噢。

这个人说,那以后,会不会,怎样呢?

不晓得。

老伴说,也可能,把鞋子放进锅里煮。

嘻嘻。

也可能,老伴说,出门认不得回来的路。

那,这个人说,认不得回来的路,怎么办呢?

去找警察,老伴说,警察会把他送回来的。

嘻嘻,这个人走开去。他看到另一个人,便对他说,老陶家的老太婆,有点糊涂了。

老陶走过点心店,尉然和钱芝韵正从店里出来。

有人与她们擦肩而过走进店里,一客生煎,他说。

第12章 会议记录

田:今天的会议,主要就长洲路工程请大家发表看法,市委市政府不定调,大家畅所欲言。这是一次讨论研究会,更是市委市政府向大家讨主意、听建议的会议,所以,我不多说什么,主要听大家的。

秦:我先给大家读一段文章:韶光流逝,沧海桑田。时隔一千多年,如果白居易再次光临苏州,看看那拥堵的车龙人流,狭窄的百姓居室,恐怕不会有"平铺井邑宽"的赞叹了……

刘:我们不是开作品讨论会吧?

秦:我作过一个详细的调查统计。

交通方面:市区道路弯、断、窄,市内道路网络不健全。人均道路面积低,1990年仅2.7平方米,城市出入口仅三个。

基础设施薄弱,供水需求失衡,管网老化,供水能力仅为42.5万吨/日,城区中心及东部地区大面积低压区无法正常供水。

居民居住条件:古城区住房成套率低于百分之二十,400万平方米的传统民居中百分之六十已破旧不堪,其中危房达24万平方米。

城市绿化:1988年人均绿化率是1.6平方米,是全国人均量的五分之一。

燃气事业发展缓慢……

唐:这算不算给会议定调呢?

秦:我只是给大家提供一些数字,数字是没有感情色彩的。

田:数字常常是最有感情色彩的。

秦:江市长在日本访问,昨天他特意打电话给我,让我代他向大家说一句话,长洲路的工程再不落实,无颜面对家乡的父老乡亲。这句话,也正是我要向大家说的。

刘:众所周知,长洲路是古城的心脏,是古城的灵魂,这条路上文物古迹的密集程度,是没有别的地方可以比的。这条路,就是一座博物馆。

1944年美国空军向日本本土展开了凌厉的大面积轰炸。梁思成教授向国际联盟事务所常驻重庆的美军指挥部要求,不要轰炸日本的奈良和京都。他是站在全人类的立场上,我们与日本虽是交战国,但古文化遗产是世界人类的财富,奈良和京都都是日本历史上大和、飞鸟时代的都城,是世界上少有保存完好的历史文物,不能让它在战火中消失。美军参谋部接受了他的建议,请他用铅笔在军用地图上标示了鲜明的符号,使这两大文化古城都完整地保存了下来。

梁思成这一拯救人类文化遗产的壮举,给全世界留下了深刻的印象。

但是今天,怎么样了呢?战争没有能够破坏的东西,在经济发展中却要走向毁灭了?

谢:我说几句,我不是苏州人——

田：我先介绍一下，谢书记新来乍到，谢书记是我们常委班子里的专家、环境心理分析专家。

（有笑声，但是没有记录）

谢：我不是苏州人，到苏州工作，却是我盼望很久的事情，为什么？因为苏州美，人间天堂。但是，我来了之后，说实在话，我是很失望的。我没有想到苏州现在是这个样子，在历史包袱的重压下，苏州竟是如此的老态龙钟了。是的，也许对外地游客和艺术家来说，磨得溜光的弹石路面，斑斑驳驳的老墙门，小巷里排成长龙的马桶和飘在头顶的万国旗是一种古韵，是一种风情。但是，我想，对于日日夜夜居住在其中的人来说，他们哪里可能有如此的雅兴——

秦：老百姓向往宽敞的住房，向往有阳光的阳台，向往煤气灶和抽水马桶……

谢：我来苏州后，第一件事情就是到小街小巷去转。我看了以后，心里很难过，拥挤，逼仄，危险。一个状元府，从前是一家人家住的。现在房屋已经破旧不堪，却挤着几十户居民……环境心理的研究告诉我们：过度的拥挤必然导致城市生活质量下降，住房缺乏，环境污染，交通阻塞，建筑杂乱，犯罪增加……事实上，我们无论是从宏观上谈城市建设，还是具体的谈某个建筑，都不应该回避人在其中的作用和需求。

据科学测试，人的个人空间和人际距离，必须保持在一定范围。为了减少信息过多所产生的压力，人需要在自身周围保持一定的空间范围。空间太小，距离太近，常常会导致人的焦虑和不安，情绪烦躁，争争吵吵，甚至打打闹闹的事情就会经常发生……

刘：历来都说，苏州人温文尔雅，谦谦君子，不喜欢吵架打架的。

谢：是的，我们都知道，是苏州人的宽容和宽厚，创造出苏州宽松的环境来，苏州人在宽松的环境中，他们节省了很多力气，也节省了很多的时间，不与人计较，不与人斗争，那么省下来的力气和时间用到哪里去了呢？

苏州人用更多的力气和时间建设自己的家园呀。

历来，大家知道苏州美丽富饶，经济发达，可这美丽富饶和发达的经济不是天上掉下来的，也不是地里长出来的，是苏州人创造出来的。苏州人省下了与人争争吵吵动手动脚的时间，辛勤劳动建设出一个繁荣的苏州。苏湖熟，天下足，这是说的苏州人种田种得好，农业富足，近炊香稻识江莲，桃花流水鳜鱼肥，夜市卖菱藕，春船载绮罗，等等，是苏州的农民干出来的。当北方人在焐热炕头的时候，苏州的农民已经下地啦。从鸡叫做到鬼叫这么做出来的呀。他们没有把精力和血汗浪费在无谓的争斗中，而是浇洒在土地上，使得苏州这块土地，越来越富饶，越来越肥沃。

苏州又是文萃之邦，丰厚的文化遗产，同样出自于苏州文人的潜心苦读和专心创造，假如苏州人都忙于生气，忙于打架，忙于你争我斗，苏州的丝绸、工艺，苏州的"绿浪东西南北水，红栏三百九十桥"，苏州的甲天下的园林建筑，又从何而来？

出手就打是豪气？大气？就是英雄好汉？

不与人打架，说话软绵绵的就是小气？

也不见得吧。

真正的英雄好汉，有本事把自己的家乡建设好，让家乡的老百姓过上好日子，当然不管你是喜欢打架还是不喜欢打架。

田：我们谢书记，不仅是心理学专家，还是一位苏州通。

谢：但是现在我们走在苏州的街上，走在苏州的小巷里，常常看到、听到是叽叽喳喳的吵闹声，为什么？你的自行车，碰翻了我的菜篮子；我的摩托车，撞倒了你的晒衣架子。因为生存呀，因为生存空间的局限和紧迫……

唐：但是，小巧而密集，正是苏州千百年来形成的独具特色的个性，是别人所没有的，是别的城市所不可能具备的，也是这个地球上仅存的了。千百年来，苏州有没有变化？当然有。我们的老祖宗有没有改造过苏州？当然改造过。但是他们最了不起的贡献，也是我们的老祖宗留给我们的最宝贵的遗产就是，不管怎么拆怎么改，始终没有破坏水城苏州的浓郁韵味，使得苏州自始至终保持了独特的风格。

秦：没有了人的风格，城市的风格从何谈起？

谢：前几天读报纸，有篇文章我觉得写得不错，我记得其中的两句话：

苏州人何其有幸——有幸接受如此丰厚的历史馈赠；

苏州人又何其艰辛——加速现代化建设和维护古城风貌与宝藏的重任，同时落在双肩！

我们现在，就是面临着两难的境地。我们都看到，越是文明，经济越是发展，往往破坏得越厉害。许多人谈到高速公路，是的，高速公路一开通，什么都有了，什么都带来了。但是旧的东西就没有了，旧的气息和韵味就没有了，可惜不可惜？可惜的。遗憾不遗憾？遗憾的。但是我们能不能不建高速公路呢？不能！

唐：如果说，道路开阔了，交通缓解了，住房宽敞了，但是古城风貌没有了,小桥流水抹掉了,这样的结果,是我们大家能够接受的吗?

刘:专家和群众,一再对我们的改造提出建议和意见。他们说,土要土到底,旧要旧到家,洋要洋得准,新要新出头。长洲路工程,能够做到吗?我认为,长洲路工程,与国务院全面保护古城风貌的精神是不相符合的。

秦:国务院的精神,是要我们处理好保护和改造的关系,做到既要保护好古城,又要搞好市政建设。

只保护不改造,是没有出路的。

唐:我们就不怕被人指责,成为历史的罪人?

秦:我们这一代人,注定是要破旧迎新的。新的东西一定是在撕破旧东西的基础上产生出来的。破旧,就意味着付出代价、做出牺牲,包括被人指责,甚至成为历史罪人!

刘:那就是说,今天我们明明知道这是在犯罪,但是明知故犯?

秦:我一直在问自己,秦天,你要拆除一座博物馆吗?让学历史的人亲手去撕毁历史,这是不是很残忍?为什么偏偏我们赶上这样的时代?为什么偏偏要我们成为历史的罪人?而且是清醒的罪人。我们也可以不做,但是我们不可能不做。既然我们处于这样一个破旧建新的时代,我们是别无选择的,我们是不可逃避的。历史、时间才是主宰,而我们不是。我们是什么?我们只能做历史的罪人。但是,为了百姓的生活,为了这一座了不起的历史古城不至于走向衰败以至毁灭,我愿意做一个历史的罪人!

刘:秦市长,今天像是诗歌朗诵会。

秦:对不起,我确实很激动,但是我无法不激动。我建议,组织大家到长洲路实地考察,到百姓家去看看。是的,长洲路的确有许多值得保护的文物古迹,但是也有许多我认为并不值得坚持的,一些老房子的质量差到什么地步,恐怕是我们坐在办公室里无法想象的,空心墙,墙砖早已经粉化……苏州人是很怀旧的,但是不建新的哪里来旧的?从前许多旧的东西,已经要塌了,要毁了,今天我们怀旧,不喜欢新的东西,但是新的东西经过几十年几百年又是旧的了。我们这一代,应该留些什么东西给子孙后代?我觉得,这才是我们应该认真考虑、努力去做的事情。关键在于,我们今天所建造的新的东西,怎样才能体现出苏州传统的风貌,怎样才能体现出苏州的浓浓文化味,或者说独特的苏州味。同时,又应该有时代的特点,留一点今天的、现在的、二十世纪、二十一世纪的特色给后人。后人说起来,这是二十世纪的风格,这是二十世纪末的苏州风格、二十一世纪初的苏州风格,所以,我们面临的难题有许多,比如仿古的问题,是大规模的仿古,还是小量的仿古?

谢:我也一直在思考这个问题。苏州人的祖先,建造了那么多的园林留给今天的苏州人,苏州人的后代一代又一代地为之骄傲。那么我们今天造什么留给子孙,让他们也一代又一代地为之骄傲?

唐:文化的失落。我们的祖先给我们留下丰富的文化遗产,但是今天的人,有了钱,造的什么东西?!沿公路那些所谓的别墅,实在是让人倒胃口,不伦不类,不中不西,不土不洋,不尴不尬,这是我们这一代人的耻辱,在子孙后代面前丢脸!

谢:这就是说,我们今天的创造性在哪里?

就拿长洲路来说,现在的长洲路,也不是最早时候的长洲路。现在的一切旧的古的东西,也都是古人不断地演变过来的。二十年代的长洲路,只有三四米宽,现在的长洲路是三十年代以后的面貌。

那么,我们将要把长洲路改造成什么样子?

我基本同意秦市长的意见,但是我也有些疑惑,也有些想法,或者说想不通的地方。现在到处都在讲恢复本来面目,这里边我有三个想法:一、能不能真的恢复本来面目? 二、恢复本来面目的意义何在? 三、我们今天的创造性在哪里? 为什么我们今天改造过的部分,总是让人不太舒服,无法让人与老苏州的印象联系在一起? 看起来,它们也是粉墙黛瓦,但是总觉得哪里有问题。我反复想,这到底是什么原因,是建筑材料的问题,是设计的问题,是建筑水平的问题,是时代的问题,是气息的问题? 总之,它们不是我想象中的老苏州的样子。

秦:现在是钢筋水泥堆出来的粉墙黛瓦,这是模仿明清建筑。但是这种模仿,是不是就体现了明清特色呢? 就算它能体现明清特色,那么我们今天的特色呢,我们这个时代的个性呢?

有人说,我们所处的时代,是没有个性的时代。

刘:有人认为,没有个性也是个性。

(有人笑了笑,但没有记录)

唐:但是时代的特色并不是同化,不是你造高楼大厦,我也造高楼大厦,比谁造得更高。现在我们许多城市在改造和建设的过程中,正在走向丧失特色而变得千篇一律,即使到了现代化的今天,我认为,我们仍然应该坚持自己的东西,二十世纪末的特征是什么,你不能说就是香港风格吧?

法国是抵制迪士尼文化最厉害的国家,结果怎么样? 抵制得有道理,她至今仍然保持了自己独特的形象,仍然有自己独特的个性。但是许多国家都被同化了,没有了自己。

秦:我认为,我们今天改造也好,再建设也好,一味模仿恐怕不是出路,因为我们已经不可能完全地再现从前的一切,为什么?原因很简单,时代不同了,人也不是从前的人了,空气也不是从前的空气了,不一样的状态,不一样的气息,我们恐怕注定只能从一些老照片里去感受从前的气息了。

刘:既要金山银山,又要绿水青山,这句话,做干部的人人会讲,但是真正在行动上能够自觉做到的——

唐:近些年来,我一直在想,像苏州这样的小而古老的城市,如果在当初就有一个全面的规划,主要发展旅游,不一定非让工业唱主角,学习欧洲的一些小城市,古老的城市……但是这已经是后话了,一切都已经来不及了,消费小城市变成了经济大市,这一点我同意秦市长的观点,是付出了代价,付出了牺牲的。但是我们能不能考虑今后的代价和牺牲尽可能地小一点儿,非要把无可挽回的教训留给后人?

周:即使退回去二十年、三十年,恐怕也是不可能的。退回去二十年、三十年,我们的观念也是在二十年三十年前的。换句话说,就算那时候就很有眼光,但是更主要的,经济基础仍是在那个年代,没有钱哪,我们不可能有超前的意识和超前的经济。所以说,即使退回去,恐怕也只是从头开始。

唐:那就是说,教训是永远的,教训是花多少代价也买不来的?但是我想问一问,为什么别人可以有超前的想法,而我们就不能有,一切推托给客观,我们自己有什么问题?

周:那是经济基础问题,老祖宗早就说过,经济基础决定上层建筑,决定人的意识。

秦:我反复考虑过,改造长洲路,至少有这样一些方面的矛盾:政府决策中的矛盾,专家与政府的矛盾,建筑集团之间落实工程的矛盾,资金的矛盾,居民与政府间因为拆迁带来的矛盾……

我们的统计已经出来了,改造长洲路需要搬迁居民 6935 户,拆除居民住房 29.7 万平方米,其中私房是百分之四十,个体户 356 户,涉及 85 个企业单位的安置……

许:我们组织文管会、宗教局等部门调查登记了,情况是这样的:长洲路共有省级保护单位一处,市级保护单位十八处,如果有可能的话,希望能够移建……

刘:移建? 这么多建筑移建? 开玩笑了。这方面的费用,一年才几十万,移一个门楼都不够呀!

田:长洲路是个特殊的工程,市委市政府会通盘考虑,会加大投入的。

许:另外,古井十二口,两百年以上古树七棵,清代以前所造桥十三座……

唐:王禹琳故居也是首当其冲的。

秦:孙总,按你们的设计,王禹琳故居在什么位置上?

孙:这个地段,正是花桥立交桥的回车道部分,王禹琳故居至少要被吃掉三分之二。

田:孙总,有没有回旋的余地?

孙:我们再组织专家重新研究。

秦:我提几点想法:一、长洲路的地块出租,重点要利用外资;二、城内部分一定要按规划办,要严格执行,城外部分尽管现代化,但交接处要小心处理;三、特殊对象的问题一定要认真对待,革命功臣、老红军、侨房、台房,要严格按政策办;四、个体户的饭碗问题要解决好;五、大宅院、园林等,能保留的要尽量保留……

(常委扩大会　记录:陈兵)

第 13 章 山清水秀楼

谢北方接到王婷打给他的呼机,呼机上显示出一行字:

中午老地方吃饭婷

他们的老地方,叫山清水秀楼。但是山清水秀楼是没有楼的,是一座平房,旧的房子。

毛师傅的厂不景气,他提前退休了,就开了一家店面做饭店,他想来想去想不出一个好的名字,去请教别人,人家说,苏州这个地方是山清水秀的,你就叫山清水秀楼。毛师傅说,我没有楼的,怎么叫楼呢?人家说,不要紧的,现在都是这样的,没有什么就叫什么,这才叫现代意识。毛师傅其实是很喜欢这个名字的,他虽然自己人蛮粗糙的,但是心里却是喜欢细气的东西,所以后来就决定叫山清水秀楼。

山清水秀楼只是一个小小的饭店,也许有人会慕名而来,以为是什么样的一个饭店,过来一看,知道不是那么一回事,但是山清水秀楼也不过只是小了一点儿,别人也不能指责说这不是山清水秀楼。毛师傅虽然没有很高的文化,但是他有经营的头脑。他了解苏州人的性格,要物美价廉的东西,毛师傅就弄了一个骨头汤,许多人都晓得毛师傅的骨头汤好,大家都来吃,店里总是热气腾腾的。

王婷工作的地方离这里不远,有一天她和几个洋同事随便地在长洲路上走走,就走到山清水秀楼门前。王婷是被这个名字打动的。她的同事里有许多是外国人,后来他们也有人被王婷同化了,也来喝毛师傅的骨头汤。

拆迁长洲路的消息传遍了大街小巷,山清水秀楼也会夷为平地的,然后这里就是一片大道,许许多多的汽车从这里过去、过来。

我写过《老屋》或《老屋没了》这一类的文章,以后仍然会写。但我一直无法确认老屋到底是什么。从前曾经住的地方?住过很长时间?降生?祖上传下的?故乡的屋子?老屋只是存在于心里某个角落的一团印象?

在以后的漫长日子里,人很少专程去看一看老屋。不经意走过那地方,没有什么准备,突然就看到了老屋,如一位饱经沧桑的老人,披一身岁月的风尘,佝偻着背,眯着昏花的老眼,无声无息。人的心里,忽悠一下,涌起一些感叹,一些淡淡的轻轻的感觉,不会掀起狂澜,也不会就此驻足不前,只是看一看,不停下匆匆的脚步。有许许多多做不完的事情要去做,有很长的路要去走,不会留下来,守着老屋。人从老屋前的小街穿过,向前走去。

有老屋是好的。可是有一天,老屋没了,那地方,成了一条宽阔的马路,或者起了一幢高高的楼,人心里空落落,惘然若失,站在陌生的街头,茫然四顾,想寻找什么。

——摘自《走不远的昨天》

长洲路是小而密集的,但是有一天它将变得大而空旷了。

关于拆了小小的长洲路,拆了其他一些小街小巷,又拆了许多古老的、小巧的建筑,建成很大的长洲路,有许多说法。

千百年来,苏州人沾沾自喜、津津乐道的,似乎就是一个"小"字,小地方,小街,小巷,小日子,生意小做做,周末小吃吃,麻将小来来。旧面貌要不要改?改也是要改的,但何必大动,小弄弄即可。你们贪大求全吗?我们苏州人,不贪,小小的就足够了。你求全,我不求全,我有个半圆就够了,于是在苏州小小的城里,竟有两座园林叫作半园,真是够谦虚的。

苏州的"小",是有内涵的小,曲径通幽,咫尺天地,山重水复疑无路,柳暗花明又一村,是以小胜大。小,已经成为苏州的灵魂。

现在突然要来一个大改变了,在小小的苏州城中心,将要有一条宽达五十多米的大街,写惯了小文章的苏州人,突然要甩一回大手笔了。

一石激起千层浪。

苏州从此没有了。

苏州从此新生了。

古城是城已不城了。

古城是现代化的城了。

——摘自《走不远的昨天》

谢北方走进来的时候,毛师傅好像认识他,咦,毛师傅向他笑了笑,几位?

两位,谢北方说。

谢北方的话音未落,王婷也前脚后脚进来了,她向毛师傅点点头,毛师傅也笑了笑。他看到王婷,就想起谢北方了,是你呀,他说。

毛师傅的爱人从里边走出来,她看着墙上的钟,有点急,我来不及了,她说着就要跨出门去,但是就在这时候她回头看了看王婷和谢北方,咦,你们是——

谢北方向她笑了一下,我们经常来喝骨头汤的,他说。

你,毛师傅的爱人想了想,你,面熟的——

他是文管会的,毛师傅说。

噢噢,毛师傅的爱人想起来了,噢,噢,我想起来了,她说,前几天你到我们厂来登记文物的。

是的。

我是扇厂的,毛师傅的爱人又看了看墙上的钟,她说,我们蒋厂长说,我们扇厂要拆了。

咦,毛师傅说,长洲路都要没有了?

现代城市的总体设计,需要借鉴城市中有历史意义与艺术价值的各个部分,对古老的优美建筑与建筑群、古典园林,城市历史的优美格局与整体山川环境之间的微妙与谐调关系,都需要有一个透彻的理解。

一座优美的、具有艺术魅力与文化特色的城市,将是城市建筑历史文化特色的积累最丰富、古代文化与现代景观的结合最谐调的城市。

——摘自《景观园林新论》

谢北方和王婷坐下来,他们的心情多少有些异样,骨头汤的热气蒸发出来,小店里迷迷茫茫的,充溢着骨头的香味,时间坐长了连头发根儿都会散发出香气。

前几天尉敢叫你到夜巴黎去玩的,王婷说,是不是?

是的。

你没有进去?

嘿嘿,他拖我的,谢北方说,拖到门口我没有进去。

为什么?

你晓得的,我不喜欢吵吵闹闹的。

王婷嫣然一笑。

你笑什么?

你以为所有的娱乐场所都是跳迪斯科呀,王婷说,夜巴黎是很安静的。

嘿嘿,谢北方说,我不大晓得的,他看了看王婷,那天我在门口,看到里边一个小姐,很像你的。

王婷又笑了,就是我呀,她说。

嘿嘿。

真的是我。

嘿嘿。

你不相信?王婷说,你看像不像我呢?

嘿嘿,谢北方说,是有点像的,他们说她像仙女一样的。

真的是我。

长得一模一样的人也有的,谢北方说。

如果真的是我呢?

不会的,你在菲利浦上班的,谢北方说。

我白天在那边上班,晚上陪舞,王婷说,你不相信的话,今天晚上就去看看,你去找我。

嘿嘿,谢北方仍然是笑笑。

嗨,突然间一个人站在了他们面前,是尉敢,谢北方高兴地说,你怎么来了?

他来追我,王婷说。

嘿嘿,谢北方笑着,拉出旁边的凳子,尉敢,坐。

尉敢坐下来。

巧了,你也喜欢骨头汤?谢北方说。

不是巧,王婷说,他打电话问过我才知道我们在这里的。

嘿嘿,谢北方说,好些日子没见了。

晓得你最近忙,尉敢说,长洲路工程要启动了,有你们忙的,也不敢来打扰你。

打扰我倒是打扰得不少,王婷说。

你们在谈什么呢?尉敢说。

谢北方笑了笑,那天到夜巴黎,我看到一个女的,很像王婷的。

就是我,王婷说。

嘿嘿。

怎么,尉敢盯着王婷,他不相信是你?

王婷始终盯着谢北方。谢北方,她说,如果真的是我呢?

嘿嘿。

王婷仍然盯着谢北方,她说,谢北方,今天来,我要告诉你两件事情。第一,夜巴黎的小姐是我;第二,尉敢正在追求我,向我求婚。

嘿嘿,谢北方看了看尉敢,尉敢有老婆的,他说,小尹呀。

他正和小尹办离婚,打算离了婚和我结婚,王婷说。

嘿嘿,谢北方笑。

你老是笑什么,你是相信还是不相信?王婷说。

相信什么?

首先,你相信不相信我是夜巴黎的小姐?

嘿嘿。

第二,你相信不相信尉敢在追我?

嘿嘿。

死活不开口,王婷说。

神仙难下手,尉敢说。

　　一个没有情人的人生是悖逆人性要求的人生,在全世界情人制不久必将逐渐取代婚姻制。

————摘自《情人现象》

喂,王婷推了推谢北方,那个外地人在朝你笑。

谢北方朝门口看,他看到小金站在那里。谢北方想了想,他似乎是认识他的,他也笑了一下。

他是鹰扬巷工地上的,毛师傅说,外地来打工的。

噢,谢北方想起来了。

小金惊异地看着王婷,又看看谢北方和尉敢,咦,他说,咦。

仙人,尉敢笑着说。

咦,小金越发地奇怪了,咦。

王婷笑了起来,笑得十分灿烂。

一个人追上小金,他是谢北方的同事,他指了指谢北方,不是在这里吗,你不是要找他吗?他走进饭店向谢北方说,这个人,一定要找你,我带他来,他倒比我走得快。

你找我?

我们在工地上挖到一个古董,小金说,你去看看。

是什么?

一把壶。

谢北方站了起来,他急急地要跟小金走,站起来才忽然想到王婷还在,哟,他说,王婷。

你去吧,王婷笑着向他摆摆手,你去好了,尉敢会陪我的,他巴不得呢,是不是尉敢?

谢北方和小金的身影一直到拐弯的地方才从他们的视线里消失。

再加点汤,尉敢向毛师傅说。

好的,毛师傅来加了汤,他看了看谢北方离去的方向,又看了看尉敢,他有些疑惑,到底是谁?

你告诉他了?尉敢说。

告诉什么?

我和你——

你和我?王婷说,你和我什么?

尉敢盯着王婷,我捉摸不透你,他说,雾里看花,水中望月。

嘻嘻。

九十年代的妇女,如野生植物自然生长区内的花木,其千姿百态的芳菲,其姹紫嫣红之妍媚,其深开浅放之错落,其着意四季之孤格异彩,简直不复再是国人所能望得过来的,更不消说置喙异论了。所谓"春风不解禁杨花,蒙蒙乱扑行人面"。

——摘自《扫描中国女性》

工地上,谢北方在众目睽睽之下,把那把铜壶拿起来。

铜器类别:(一)食器
　　　　　(二)酒器
　　　　　(三)杂器
　　　　　(四)乐器
　　　　　(五)兵器

其中酒器有:
　　爵
　　角
　　尊
　　觚
　　觯
　　彝
　　觥
　　壶

壶:与现在的瓶相似,大肚,有肩,口部与底部收束,无执子,无流,有方有圆,有大有小。

——摘自《古玩鉴赏》

谢北方也没有认真看,他已经摇了摇头。

怎么摇头,怎么摇头,有人说。

不要吵,小金说,让专家仔细看。

谢北方又转着看了一下,再次又摇头了。

咦,小金也觉得不好了,为什么摇头,这不是壶?

这是壶,谢北方说,这是现代人仿制出来的壶。

什么?他们说,他说什么?

他说这不是古董,小金有些失落地说,也就是说,这是假古董。

怎么会?有人说,不可能的,这壶的颜色都发黑了。

看热闹的人也多起来,他们众说纷纭。

仿制铜器可以说是古已有之了。《韩非子·说林》记载了这样一件饶有趣味的事情:齐国为了一件名叫"谗"的鼎而攻打鲁国,仗打赢了,谗鼎也到手了,但齐使却心存疑虑,诈问鲁人,鲁人一再强辩,于是齐使请乐正子春来鉴定。乐正子春看了鼎后说,为什么不把真品送齐呢?鲁君答道,我喜爱那件真谗鼎。乐正子春说,我也爱我的信用和名誉,我一定说真话。从这故事就可以看出,既有假铜器,就有辨别真假的专家。另外,汉代还有一个叫张敞的,从铭文即可判定青铜器的年代。还有个叫李小君的更为奇异,一眼就可看出青铜器的来历。

——摘自《古玩鉴赏》

你不要骗我们,有人说,他们围着谢北方,他们的身上有一种气息,有些逼人的感觉。

你凭什么说这是假的?

你是什么人?

鉴别铜器,是一件烦琐而艰难的事,但是只要掌握了要点,多看、多记、多思,还是能鉴别出真假的。

——摘自《古玩鉴赏》

谢北方毫不犹豫的神色,使小金和他的老乡们慢慢地相信了他,他们的目光有些散乱了。

打开来看看,有人说,说不定里边有宝贝的。

不用看的,谢北方说,这把壶的年岁,比你我大不了多少的。

他们到底还是把壶打开来了,但是壶里边是空空的,咦,空的,小金说,他们挨个儿的把壶拿过去朝里边张望一下。

什么也没有,有人说,忙了半天。

上次看到报纸上登的,在北门的工地上,一个看热闹的苏州人说,也是挖出来一把壶,以为是古董,结果打开来一看,你们晓得里边装的是什么?

是什么?

猜猜看。

是铜钱。

不是。

是金元宝。

不是。

是……

不是。

是……

不是,你们猜不到的,这个人说,是骨灰。

嘻嘻,小金笑了。

呸呸,他的老乡扫兴地散去了。

  我国订立了《文物保护法》,青铜器属于国宝,不在交易之列。不过在民间,也有明清时期一些小件青铜器艺术品交易,价格视时、视物而定,皆无定论。
——摘自《青铜器评价》

  谢北方再回到山清水秀楼的时候,王婷和尉敢已经走了。毛师傅说,哎,你要加把劲的。

  嘿嘿,谢北方说,本来说好我买单的。

  不过,毛师傅狡猾地笑了笑,我看得出来的,他说,我看得出来的。

  嘿嘿,谢北方向毛师傅挥了挥手。

    有时候我以为
    每一分钟
    都是与你
    相遇的港口

    守候在拥挤的人群中
    寻找一些
    与你相似的身影
    来安慰自己

    你的名字

是我的风里

招展的大旗

守候你的每一分钟

平淡无奇的日子

也是节日

谢北方回到自己的办公室,他要把没有写完的建议书继续写下去,他在建议书中抄录了一些为古迹文物让路的典型实例:

宝带桥:河道北移近百米;

越城遗址:河道北移三百五十米;

三里桥:为保护此桥,多拆迁二十多户,多征用四百四十五亩土地,多花费近一千万元资金;

浒关文昌阁:多花费五十万元资金;

古驿亭:航道东移二十米;

……

谢北方写道,改造长洲路工程,应该考虑为下列文物古迹让路:

豆粉园

万寿宫

文星阁

远香堂

王禹琳故居、吴周故居、潘文彬故居

香积庵

花桥、吉利桥、吉庆桥、善耕桥……

祥云塔

……

  他的同事走过来看看他的电脑，看了看他的建议，同事说，照你的建议，长洲路还能动一根汗毛？

  谢北方继续写道，同时，以下文物建议移建和收藏：

8号的砖雕门楼

13号……

第14章 档案 日记 笔记

×××路拆迁指挥部档案

1. 动员大会

大会标语：人民城市人民建　建设城市为人民
　　　　　探索具有苏州特色的城市建设道路

秦天副市长讲话内容：大家说我是拆迁市长、改造大王，今天我来到这个会场，说什么呢？仍然说一个"拆"字。为什么我有这么大的胆子呢？因为在这个拆字后面，同样有一个字支撑着我，这个字就是"建"！

2. 人大、政协提案总的精神：多考虑老百姓，希望能够一步到位
提案之一：

朱鸿兴面店是我们的百年老店，动迁过程中，应考虑移建。

提案之二：

　　拆了米店，老百姓购米有困难，希望增补米店。

提案之三：

　　关于路名、门牌，希望统一考虑，千万不能把历史文化的特色全部拆除了。

3. 挂牌登记凭证

　　兹有×××路（弄、巷）×××号住户×××，现已挑选住房挂牌完毕，并决定×月×日搬迁腾房，请给予办理调配手续。

　　×××套型×××套数×××新村×××幢×××室×××平方米。

市×××路拆迁办公室

4. 保证书

　　为了配合×××路拆迁工作的顺利进行，我有所领悟，现重新考虑，决定放弃我原来的不成熟的要求，一切按拆迁办关于住房分配的一般原则，特书面保证，决不食言。

保证人×××（章）

5. 许可证

  江苏省城市房屋拆迁许可证

           发证机关：市建委

6. 搬迁奖励通知

  凡在规定日期前搬迁的居民，奖励每户五百元整。

           ×××工程指挥部

7. 公假证明单

  因工程需要停气拆表，请贵单位准许×××公假一天。

           ×××工程指挥部

8. 更正通知

  建委更正：原将×××划入拆迁范围，现按有关规定，不作拆迁，特此更正。

           ×××工程指挥部

9. 故事之一

  台胞赵先生曾经为他的姐姐赵女士买下一幢老式房子，299平方米。后来赵女士去世，这幢房子由她的四个孩子居住，按拆迁文件规定,应该安置4户共5套住房:二室半一套,二室两套,一室半两套,共336平方米(面积差部分自己补足)。

　　住户不同意此方案,提出几点要求:1.面积差部分应该由赵先生曾经捐款的受益单位出;2.新旧房屋不实行产权交换,即应由政府收购老宅,再由政府分配公房居住;3.5套房内至少有一套是古城区内的住房。

10. 故事之二

　　居民王某拆迁分配房为东湖小区78幢201室,面积75平方米,工作人员在发放新居钥匙时,错将202室(面积为96平方米)的钥匙发给王某,王某领取钥匙后,连夜开始突击装修,等到工作人员发现错误追讨钥匙时,王某家的装修已基本完成。

11. 故事之三

　　拆迁中挖出一块未烂的棺材板,民工欲劈了当柴烧,一老者出了二十元,请人抬回家去,考证后确认是清朝状元刘阶平的棺材,后送博物馆收藏。

日 记 部 分

邱淑桦日记

之一:

　　爷爷生前一再对我说,桦桦,爷爷很想很想回老家去看一看,但是看起来爷爷此生是难以实现这个愿望了,这个愿望只有靠你替爷爷去实现。你要替我回老家去,看看我们的老宅,你一定要答应我。

我答应了爷爷。

但是我对爷爷老家那个地方,是十分陌生的,我只知道她的名字叫苏州。

之二:

爷爷去世了,我曾经答应爷爷到苏州去看看我们家的老宅,但是一直没有实现我的诺言。

今天,我终于上路了,我要到那个既亲切又陌生的遥远的地方去了。

之三:

飞机在上海虹桥国际机场降落的时候,已是万家灯火的夜晚。

张利平和他的妻子举着一块牌子在等我,上面写着:邱淑桦,下面是我的英文名字。

他们看到我凝视着这个牌子,笑了起来,张说,你很像你的爷爷。

我有点奇怪,他们见过我的爷爷吗?

张的妻子看出了我的疑问,她说,我们家有你爷爷的照片。

之四:

睡了整整一天,才把时差调整过来。

醒来的时候,天又已经黑了。

下榻的雅都饭店,是一家四星级的饭店,张和他的妻子陪我登上顶层的旋转观光厅,夜色中的苏州城,是那么的亲切,似曾相识似的,虽然观光厅是全封闭的,但我却觉得有一种清香甜润的气息在流通。

这是一座有两千五百多年历史的城市呀!

爷爷曾经给我讲过一件事,他到一个朋友史密斯家去,看到在豪华的客厅中央,在一张十分考究的桌子上供着一块砖头。史密斯告诉爷爷,这块砖头,已经有一百年的历史了,是一件文物。爷爷听了哈哈大笑,说,我告诉你一个地方,这个地方,明砖清瓦俯拾皆是,甚至许多普通老百姓家里用的家具,都是明式家具。史密斯一下子就被这个文物古城所打动所吸引了。这个文物古城,就是苏州。

史密斯从此以后常常往来于美国与中国之间,他从我们的故乡苏州给爷爷带来一些古董。爷爷在生命最后的日子里,经常抚摸着这些东西,每当这个时候,爷爷的脸上就会发出光泽。

现在我终于来到爷爷朝思暮想的故乡,我迫不及待地问张先生,我什么时候能去看我们的老宅?

张先生显得有点犹豫和迟疑,他说,明天吧,明天我们会安排的。

之五:

约定今天去看老宅的,张利平来了以后,坐在沙发上,也不说什么时候走,好像有什么心事,我也不便多问。按照中国人的习惯,问他喝不喝茶?他说好的,我就给他泡茶,但是心里很奇怪,不是要去看房子吗,怎么会坐下来喝茶了呢?这一喝下去,也不知道要喝到什么时候。

　　后来张利平终于开口了,他说,邱小姐,今天你无论看到什么,都不要激动好不好?

　　我不知道怎么回事,不好说好,也不好说不好,我只是盯着他看。

　　他又说,你答应我,我才带你去。

　　我便答应了。

　　一路上,我一直在想,我会看到什么呢,会有什么让我激动的事情呢?

　　路上有人挥着一面小红旗,车子就停下来了,路口的牌子写着:拆迁地段,车辆绕行。

　　张利平带着我走了一段路,路边的房子都拆了,满地都是碎砖乱瓦,我不知道这里面有没有爷爷所说的明砖清瓦,或者真的遍地都是?史密斯要是在这里,他会怎么样?

　　张利平停了下来,他的神色有点凝重,我其实已经猜到了,张利平指着我们眼前的一堆砖瓦和旧的木材对我说,邱小姐,对不起,邱宅在三天前被拆除了。

　　我突然就控制不住自己,眼泪不由自主地淌了下来。张利平很慌张,邱小姐,邱小姐,他不知说什么好了。

　　我原来以为自己对邱家的老宅不会有什么很深的感情的,我真的不明白我哪里来那么多的泪水。我极力地控制自己,觉得自己有点失态,让张先生很为难,我说,没有什么,没有什么。

　　张利平说,我十分遗憾,我十分遗憾。

　　这就是爷爷念念叨叨了几十年的老宅?如果是爷爷来了,他会怎么样?

张利平说,邱小姐,这条路,是古城的中心,如果不在中心动手,就无法改变……

我摇了摇头,其实张先生不说我也能够明白,一个政府行为,必定是从百姓的利益出发的,否则百姓是不会拥护政府的。但问题是,这个行为的前提和结果,是拆毁了让千千万万个史密斯折服的了不起的伟大的历史呀。

我无法评价。

我用摄像机摄下我脚下的这堆残砖碎瓦,我让张先生为我在残砖碎瓦前照了相,并且包起两块旧砖,我答应过爷爷,要带回去放在爷爷墓前的。

之六:

昨天回到饭店,一夜没有好好睡,爷爷有一件稀世珍宝要我转赠给苏州,现在面对邱宅的那堆乱砖,我犹豫了。

这是一件近百年前沈寿的刺绣作品,绣的是中国人非常喜欢的一个人物:济公。

之七:

今天张利平陪我到改造过的老街观前街走一走,我的心情一下子好起来。我也说不清为什么,看了观前街,我就是心里高兴。张利平还让我看了从前的观前街的照片,我一下子便想起了爷爷,但是我仍然为今天的观前街高兴。

之八:

我曾经无数次地想过,我回来了,走在一条窄窄的、绿荫覆盖的路上,这就是爷爷小时候走过的地方,我会在这里找到爷爷幼小的脚印,听到爷爷摔了跤的哭声……

想起我小时候爷爷唱过的一首童谣:

苏州苏老头,
绰号苏空头,
着仔素绸,
吃格素油,
还用绉纱包头。
要吃素菜,
让位苏州松鹤楼,
先来一碗素面筋,
还要加上重素油,
点得清格素面筋,
数不清格素油,
拨翻仔格素面筋,
佘脱仔格素油,
拾起格碗素面筋,
再添仔台上格素油,
素菜勿吃,
走出苏州松鹤楼。
着格素绸,
才是素油,
还撞破仔格头,
苏州苏老头,

标准苏空头。

那时候爷爷一边念叨一边笑,我并不明白爷爷笑的什么,这个用苏州方言念出来的童谣,我是一句也听不懂的,更不知道有什么好笑的。

现在我正在体会爷爷那时候的笑意。

之九:

秦天市长在晚宴时讲了一个故事,他说,苏州有许多老人,他们一辈子就坐在某个茶馆的某一个固定的位子上,每天都去,风雨无阻。他们也许是从中年以后开始坐茶馆的,苏州人称"孵"。也有的人从很年轻的时候就开始了,到最后他们老去了,临终前,他会写下遗嘱,吩咐他的儿子仍然去坐那个位子。他的儿子根据他的遗嘱,就去坐了,他也是每天都去,就这样日复一日,年复一年。

我听了以后,心里有一种奇怪的感觉。

钱三官头一次踏进老茶坊六福楼的时候,店里新来的伙计不认得他,把他引到靠门的一个位子,这里人进人出,吵吵闹闹的。钱三官说,我是钱三官,伙计愣了愣,他向钱三官弓一弓腰,说,是钱少爷,请,里边请。

钱三官就在里边安静的位子坐下来,这里靠窗,窗下是河,河上有船。

那一年钱三官十七岁,他是应邀来劝别人讲和的,这叫作吃讲茶。也就是在吃吃茶的过程中,把大事化小,小事化了。

钱三官没有想到这一坐竟是坐下去几十年的时光。

那一天钱三官坐在靠窗的位子上,天色阴沉沉的,布着乌云,对岸陆家小姐的身影出现了,她婀娜的身姿倚在窗框一侧,就像一幅忧郁而美丽的风景画一样,嵌入了钱三官的心里。河里有一条农船经过,船农在船上叫卖水红菱。陆小姐说,船家,称两斤水红菱。陆小姐的声音差不多像河水那样的柔,她从窗户里放下吊篮,船农看看吊篮里是空的,船农说,钱呢?

你先把菱称上来,陆小姐说。

你先把钱放下来,船农说。

我放了钱你不称菱怎么办?

我称了菱你不给钱怎么办?

钱三官在这边茶坊里笑起来,这时候吃讲茶的双方都到了,他们向钱三官致意,说,钱少爷,有劳您的大驾了。

钱三官说,坐,坐吧。

大家坐下来,他们向钱三官说自己的道理,说对方的不是,钱三官摆摆手,吃茶,他说,吃茶。

大家听他的话,都吃茶,茶是上好的龙井茶,喝到第二开,已经很有滋味。他们互相仇视地看着,然后又求助地看钱三官。他们憋了一肚子的委屈,快要爆炸了,钱三官却依然摆手,说,吃,吃茶。

吃茶。

吃茶。

终于把茶吃得淡了,钱三官向他们看看,说,怎么样?

他们想了想,可以了,他们说,觉得心头轻快,再没有什么委屈,可以了,他们说,钱少爷,可以了。

走出茶馆的时候,拨开乌云,太阳出来了,他们向钱三官致意,谢谢钱少爷。

钱三官说,不用谢。

林老板也在门口恭送,钱少爷,慢走。

等到钱三官慢慢地从钱少爷变成钱先生的时候,吃讲茶的仪式越来越少了,但是大家仍然请钱三官替他们调解矛盾。钱三官一直坐在靠窗沿河的老位子上,他总是一如既往地请大家吃茶,他摆着手,说,吃,吃茶。

于是,大家吃茶。

吃茶。

吃茶。

等到茶吃得淡了,他们站起来,说,谢谢钱先生,然后心平气和地走出去,什么想法也没有。

等到钱三官慢慢地从钱先生变成钱老伯,他仍然坐在六福楼的老位子上吃茶,大家说,钱老伯,他们……我们……

钱三官说,吃,吃茶。

于是,大家吃茶。

吃茶。

吃茶。

等到茶吃得淡了,他们站起来,说,谢谢钱老伯,他们走出去,这时候外面的世界阳光灿烂。

钱三官从十七岁坐到七十七岁,始终是这个固定的位子。后来河对岸人家的陆小姐已经不在了,再后来河对岸的房子也没有了,钱三官整整坐了一辈子。终于有一天,钱三官觉得自己要离开这个世界了,他再也不能在六福楼这个靠窗沿河的位子继续坐下去,他写了一份遗嘱,过了不久他就走了。

　　钱三官的儿子钱继承是在一个偶然的机会发现父亲有遗嘱的,这已经是很多年以后的事情了。钱继承回想小时候奉母亲之命到茶坊喊父亲回家,他看到父亲坐在靠窗的位子上吃茶。

——摘自《六福楼》

之十:

　　张利平今天说了一句话,他说,新的东西一定是在撕毁旧东西的基础上产生出来的,我一直在想这句话。

　　爷爷生前,一直念念叨叨。他说,当一个人走了许多路,经过了许多的地方,看到了形形色色的变化,了解了光怪陆离的世界,他回到了原来的出发点,他总是希望那个地方,仍然是从前的样子,那里仍然弥漫着他记忆中的气息。

　　这也许是一个美好的但无法实现的愿望。

　　可能张利平的话是更接近真理的。

之十一:

　　我要回去了,回到我生长生活的那个地方,但是我会永远记得茶馆里的那位老人。

笔记部分

张利平笔记

之一：

朱棣文教授在获诺贝尔奖后回到故里，人们告诉他，他家的老宅已经在三年前拆除了，朱先生开玩笑说，我应该三年前就得奖的呀。

之二：

　　塞萨尔的这一正在挑大拇指的作品称"是"。它是通过德方斯钜门的三条轴线中偏北的一条，昭示着法国雄视二十一世纪的决心。塞萨尔从六十年代开始把大拇指作为创作的素材，一直领导法国的雕塑界。这一作品无论对于最近默默无闻的塞萨尔，还是对于法国政府，都是很合适的压轴作品。它也采取罗丹在蒙帕纳斯的雕塑巴尔扎克像那种夸张地后仰姿势，更以十二米高，十八吨重的巨大体积傲视着周围的一切。

　　　　　　　　　　——摘自《世界城市环境雕塑》

之三：

　　街上的石块和人家的建筑，处处的环桥河水和狭小的街衢，没有一件不在那里夸示中华民族的悠久历史和文化。这一种美，若硬要用近代语来表现的时候，我想没有比"颓废美"三个字更适当的了。

　　盘门的位置是苏州城西南角略东,由我的住处向南略偏西行,过瑞光塔东侧,穿过一些贫苦人家和小菜园,约莫十几分钟就可以到达。那里没有一点新风气息,登城一望,南,也许是苏州跨度最大的吴门桥,桥下是环城河,河上布满大小船只;北,近处没有繁华的大街道,没有高楼,总之,有野意,也就有旧意,可以适于脚徘徊,心遐想。

　　"春明几度风飘絮,不出盘门漫五年。"

——摘自《我说苏州》

之四:

　　上海外滩,一张长椅上,坐三对恋人,他们旁若无人地拥抱、接吻。一个巡逻的老人走过,他对他们喊着:公共场所,注意动作。但是恋人们并不听他的。

之五:

　　北京旧城是我国著名的文化古城,悠久的历史留下了丰富的文化遗产、历史地段和革命文物。严谨的城市格局、宏伟的宫殿、秀丽的公园、蜿蜒的水系、整齐的胡同、幽静的四合院,反映了北京旧城与众不同的风貌特色。对北京旧城的保护,就是要继承和发扬优秀的历史文化传统,这是我们这一代人和后代子孙肩负的历史使命。

——摘自《北京规划建设》

第15章 搬　家

老百姓要搬家了,他们找到搬家公司。现在搬家公司很多,大街小巷到处都贴着它们的广告,都是一些很简单的打印的纸头,写着搬家公司的名称和电话号码。有的更简单就在墙上用笔写几个字,也会有人找去请他们搬家。尤其是在将要拆迁或者已经开始拆迁的街道地区,这样的广告更是漫天漫地的。

人人搬家

大众搬家

宏伟搬家

蓝天搬家

快乐搬家

天天搬家

野鸡搬家

白天鹅搬家

······

外地人小金走在这条将要拆除的街道上，他挨个儿看着这些搬家公司的招贴，嘿嘿，小金说，城里人真会做事情。

哪里是城里人，一个老百姓说，都是外地人。

现在都是外地人在撑世面，另一个老百姓说。

城里人到哪里去了呢？小金说，他们在干什么呢？

不晓得的，一个老百姓说，现在的事情搞不懂的。

搞不懂的，另一个老百姓说。

我晓得了，小金看着搬家公司的人手脚利索地把家具从屋里搬出来，抬到卡车上，装得整整齐齐的，小金说，他们在搬家。

他们是训练有素的，一个老百姓说。

谁？

搬家公司。

　

有一个时期我们家比较稳定地住在一个地方。而从1966年以后，便开始了家庭和人生的大搬迁。

一辈子不搬家，一辈子只住一个地方，那是一种什么样的感觉，我想象不出来。在许多年前，我曾问过一个没有搬过家的人"你有什么感受"？

印象中他没有回答。

1966年我们开始搬迁，离开了我们的老屋。

……

搬迁是一件新鲜的事，1967年元月的某一天，我们搬到苏州干将坊103号。

——摘自《走不远的昨天》

小金去问搬家公司的人,你们需不需要帮手?那个人向小金看了看,我不晓得的,他说,你去问我们老板。

你们老板在哪里呢?小金看着忙忙碌碌搬家的人,这些人里哪一个是你们的老板呢?

怎么会?那个人说,我们老板怎么会在这里搬东西?我们老板是坐在办公室里的。

噢,小金说,那我也找不到他了。

小金看到有一个老人走过来,老人也和小金一样,停下脚步,看着人们在忙忙碌碌地搬家。小金起先也没有怎么注意他,后来他看了看老人,小金就笑起来了,咦,是你呀,小金说。

是我,老人说。

你是那个、那个园的。

豆粉园,你是老张,小金高兴地说。

我是老张。

你,咦,小金说,你怎么——

一个搬家队的年轻人站定了看他们讲话,小金说,他是豆粉园的。

搬家的年轻人说,噢。

小金掏出烟来给老张,老张摆了摆手,我咳嗽,他说,我不能抽,小金就给搬家队的年轻人一根烟,年轻人接过去,他拿出打火机,却看到小金没有拿出烟来抽。

咦,他说,你呢,你自己。

小金说,我不抽烟的,你抽吧。

咦,年轻人自己给自己点着了,就深深地吸了一口,吐出烟雾来。

老张一直在豆粉园的,小金说,我去过豆粉园,看到过老张的,老张家里也是乡下的。

是的,老张说。

老张一直不回家的,小金说,他把豆粉园当作自己的家了,过年也不回去的。

噢,搬家队的年轻人说。

嘿嘿,老张说,我是不回去的。

噢,搬家队的年轻人说。

嘿嘿,老张说,我是不回去的。

老张是没有后代的,小金说,他独个儿一人,所以他也不要回去的。

噢,搬家的年轻人说。

瞎说的,老张说,瞎说的。

谁瞎说?搬家队的年轻人说,谁瞎说?

我有子女的,老张说,我有三个儿子,还有女儿,我还有孙子孙女,都有的。

咦,小金说,那你怎么一直不回去的?

我喜欢这里,老张说。

我也喜欢的,小金说,这里蛮好的。

搬家队的年轻人刚要开口说话,啪的一声,他的头上被人刮了一下,他们的小领导来管他了,你这个小子,他说,不做活,在这里瞎嚼舌头。

搬家队的年轻人拿手摸了摸头,咧开嘴笑了笑。

还笑,他们的小领导说,扣你的工钱。

小金便拿出烟来,给他们的小领导抽,小领导看了看烟的牌子,没有说话,从里边抽了一支,搬家的年轻人替他点上火。

这家人家,搬家队的小领导说,东西不少,都是些破破烂烂。

装起来蛮难装的,搬家队的年轻人说,都是破的,不要以为是我们把他弄坏的呢。

咦,小金看了看他们的家具,一对箩筐,他说,城里怎么也用箩筐?

那家人家的主人便走了过来,他也给他们派烟,他说,这些东西,跟着我们几十年了,舍不得扔掉的。我们从前从城里到乡下,后来又从乡下回城里,回来的时候,把乡下的东西都带回来了,还有一副粪桶呢,人家看了都要笑话的,好多年放在家里还有臭烘烘的味道呢,后来过了好几年才处理掉。这对箩筐,是我们自己编的,舍不得的。

是呀,老张说,是这样的。

是的,小金也说。

一个女人走出来,挓挲着两只手,看着那些乱七八糟的东西,哎呀呀,哎呀呀,她说,怎么办呢,怎么办呢,烦死人了,烦死人了。

搬过去就好了,她的男人说。

搬过去好什么,女人说,野猫不撒尿的地方。

这个要不要?一个搬家的工人提着一只小的竹凳,竹凳面上的竹子已经掉了好几根,显得稀稀拉拉的。

要的,他们家的男人说。

要的,他的老婆也说,我们家没有钱的,我们又不是有钱买房子。

他们是拆迁,小金说,城里最怕拆迁了,碰到拆迁是没有办法的。

为什么怕拆迁呢？搬家队的年轻人说，拆迁了可以住新房子，他们这个房子，比乡下人的房子还不如呀。

这倒也是的，他们家的男人说。

我们有二室一厅，他的老婆说，厅蛮大的。

是根据面积还面积的，她的男人说，我们家略微超出一点儿面积，所以贴了一点儿钱。

什么一点儿钱呀，他的老婆说，那叫一点儿钱？那是我们两个人几十年的积蓄了。

嘿嘿，她的男人笑笑，说，积蓄下来干什么呢，不就是买房子最好吗？

这倒也是的，他的老婆说。

到底好的，我们也可以用抽水马桶了，她的男人说。

哎哟哟，他的老婆说，说起马桶，我一肚皮气了，你的老娘，非要把老马桶带过去，说也说不听。

嘿嘿，她的男人笑起来。

一只破马桶，放在新房子里，难看死了，他的老婆说。

没有办法的，她的男人说，老太太说，她不用那只马桶就大不出便来的，大不出便来，是要命的事情呀。

大家都笑起来，他的老婆说，说说的，不可能的。

你不要说，老张说，真有可能的，就说我，几十年用一只水吊子，后来坏了，换一只新的，烧了水，就是不好喝，没有办法，只好去补，补了又补。人家铁皮匠笑话我小气，其实真的不是小气，一只水吊子也没有几个钱的，就是习惯用旧的，烧出来的水有滋有味的。

嘿嘿，小金说，我们家有一只——

好了好了,搬家队的小领导说,不好再说话了,要做生活了。

他们就继续搬家具,装车,站在卡车上负责装车的人,是个老师傅,他居高临下地看着他们,微微地笑着。

在我的印象中我们家一直没有自己的家具。我的外婆在世的时候,也和女儿女婿闹闹矛盾,常常听她说的一句话,你们有什么,就这两只马桶还是我从南通老家带出来的。这话一点不错,在我小的时候,我知道家里所有的家具都不是我们自己的。我父母刚参加革命工作,在薪级制还是包干制中,他们选择了包干制,也就是吃住都由公家包了,那么家具什么当然也都是公家的,这样做也许革命得更彻底些吧。那时候的人都这么想,好像提出要拿国家的薪水自己过日子,是很不光彩的。后来包干制取消了,但是我们仍然住的公家的房子,用的公家的家具,一用就是几十年。在我们家,吃饭的桌子,睡觉的床,放衣服的大橱,放书的小柜上面都刻着公家的印记,写着某某单位的名字,然后在父母每个月的工资中扣除很少很少的一点租金,我们就是在这些刻着公字的家具中慢慢长大。正如我外婆所说,我们家的硬件中,大概除了一大一小两只马桶,别的都是公家的了。许多年下来,也没觉得有什么不好,也没有什么不方便,孩子大起来,缺少一张床,就到公家的仓库去找出来,搬回家,或者哪怕一件家具破旧不堪不能再用,到公家去换一件就是。也许那时候在许多人的心里想,日后的共产主义也就是这样子了呢。

——摘自《说说家具》

小金和老张又看了看他们搬家,小金说,我要走了。

你要到哪里去?老张说,到工地上去吗?

我要回家了,小金说,我去买火车票。

咦,老张说,你说你喜欢这里的呀。

我是喜欢的,小金说,可是我要回去了。

噢,老张向远处看了看,小金也随着他的眼光看了看,他们看到一群人一边叽叽呱呱说话一边走过去,老张说,他们可能是到豆粉园去的。

噢,小金说。

我也要走了,老张说,我要过去看看的。

老张走了,小金却还没有走开。他看到一个搬家的工人搬一件家具很沉重,就过去帮他搭一把手,他拿自己的手托上去,那个人反而往前趔趄了一下,差一点儿跌出去。

你做什么?那个人有点生气地问小金。

我帮帮你的忙,我看它蛮重的,小金说。

那个人看了一眼小金,你搭不动的,他说,你不要插手。

我有力气的,小金说,你不要看我瘦弱,我有力气的,我一顿可以吃三大碗饭的。

搬家不是靠蛮力气的,那个人说,要用巧劲,你不懂的,站在这里反而碍事,你靠边站一点。

小金拖挲着两只手,他帮不上忙,心里有点难过,他说,倒不知道,搬搬东西也要讲技术的。

现在做什么都要讲技术,那个人说,没有技术等于屁。

是的,小金说。

小金说着就慢慢地离开了,他好像有点漫无目的的,是这样的,小金心里想着,我是没有技术的,但是在城里没有技术也能做工的,城里真是很好的,可惜我要回去了。他一边想着,心里有些遗憾,不要紧,他又安慰自己,我还是会回来的,不要紧的。

小金就到火车站去买回家的车票,他经过一个地方,看到墙上贴着劳务市场这样的纸张。小金知道现在城里的劳务市场很多,有的甚至一条街上就有好几个劳务市场。但是有些劳务市场是骗人的,小金刚刚来的时候,就被他们骗过。他们叫小金缴一点钱,是报名费,然后叫他到什么单位报到。小金找到那个单位,单位里的人说,人早就招满了,现在不要人了。小金回头再找劳务市场的人要讨回他的报名费,人家就不肯了,说,我们又不是没有帮你介绍,我们是帮你介绍了的,人家不要你,不是我们的责任,肯定是你没有被人家看中,不关我们的事情。报名费我们是不能退的,要是退报名费,我们这些人怎么办?喝西北风呀!小金想想,他说,你们说得也有道理,我就不问你们要回报名费了,那你们是不是另外再替我介绍一个单位呢?他们说好的呀,你交报名费呀。小金说,你们当我是傻瓜了,交了一次又一次,我出门,我爹总共给我两百块钱,我不好再交钱给你们了,小金就自己去找工作了。

小金的遭遇算是比较好的,他只付了五十元的报名费,有的像小金这样从外地来打工的人,被人家骗掉几百块甚至几千块的也有的,后来就连人影子也找不见了,所以,比起来小金还是比较幸运的呢。

小金走过劳务市场的时候,看到了红花,红花仍然和秀珍在一起,她们正探头探脑地在打听工作的事情。

从前田里的活计做也做不完的,小宝说。

鸡叫做到鬼叫的,爱玲说,这有什么好笑。

我挑不动河泥的,小宝说,队长骂人,女人,队长说,豆腐肩胛铁肚皮。

瘟男人,爱玲说,瘟男人。

橘子,有个女人在家门口说,橘子。

橘子阿要,爱玲走近去,橘子甜的,爱玲说,便宜的。

问我们东家,女人说,他说要橘子的。

她的东家坐在她身后的一张旧藤椅里,瘦瘦的身体差不多只占了藤椅的三分之一,缩成一小团的样子。女人说,喂,橘子来了。

东家生气地嘀咕了几句。

你这个人,难搞的,女人说,她也生气了,刚刚说要橘子,橘子来了又不要,你要什么?

东家又嘀咕,女人说,没有的,香蕉没有的。

我要吃香蕉,东家含混不清的口齿突然清楚了,我要吃香蕉。

我没有时间帮你去买,女人摊着两只手向爱玲和小宝说,站也站不起来,还疙疙瘩瘩,要这个要那个,我是不高兴的。

走吧,爱玲说,她是保姆。

我宁可在乡下,小宝说,我也不要做保姆的。

你不懂了,爱玲说,保姆也不坏的,工资很高的,服侍病人工资很高的。

我是不高兴的,小宝说。

你不懂了,爱玲说,有的人做保姆做出福气来了。

我不要什么福气,小宝说。

你本来就福气,爱玲说。

你才福气呢,小宝说,我走不动了。

歇歇,爱玲说,担子放下来歇歇。

——摘自《描金凤》

小金看到红花的时候,很高兴,红花呀,他说,又看见你了。

红花向他看了看,她的脸有点儿红,但是她没有想起小金来。

你是谁?秀珍说,我们好像不认识你。

咦,小金说,怎么会不认识我呢?

红花有些不好意思,她说,我,我,我的记性特别不好,经常会忘记人的。

你不要是乱搭腔的人吧?秀珍说,现在外面的骗子,就是假装认识你,就上来骗了。

怎么会?小金笑起来,我又不是骗子,我以前在鹰扬巷的工地上见过你们的,你们那时候——

鹰扬巷?秀珍说,哪里是鹰扬巷?我不认识的,我们根本就没有去过的。

怎么会?小金说,鹰扬巷就是前面那条路,不过现在没有了,拆了,变成另外一条路了。

没有了的路,你还说认识我们,秀珍说,你这一套,我们见多了。

小金的脸上有些不好意思,我不是的,他说,我真的不是的。

不是什么?秀珍说,不是骗子?不是骗子你心虚什么?

我没有心虚,小金说,我一点也不心虚的。

不心虚你脸红什么?秀珍说。

我又不是骗子,我脸红什么?小金说,我是认识你们的,你叫红花,你叫秀珍,他说,我知道的。

红花点了点头,说,我记起来了,是,见过的,那时候我们在鹰扬巷拣东西,人家要打我们,他来帮我们的。

是的是的,小金说。

帮什么呀?秀珍说,他们都是一伙的,他们是老乡呀。

老乡归老乡,小金说,我是叫他们不要凶的,你们忘记了?

我是忘记了,秀珍说。

我记得的,红花说。

嘿嘿,小金开心地笑了笑,他盯着红花看了又看,嘿嘿。

红花有些不好意思,头低了低,又抬头看看小金,又低了低。

你干什么一直盯着她?秀珍说,你干什么老是看她?

嘿嘿,小金说,我没有呀。

我们在找工作,红花说,这里有介绍做保姆的,我们想去,你说好不好?红花问小金。

小金看了看纸上的介绍,他说,难说的,做保姆也要看运气的,有的人家好,你就运气,有的人家不好,你就倒霉。

不好会怎么样呢?红花说。

怎么样?小金挠了挠头皮,想了想,说,比如说吧,有一家人家,家里有全自动洗衣机的,本来自己都是用洗衣机洗的,衣服往里边一放——

我晓得的,秀珍说,衣服往里边一放,按一下按钮,出来的时候就已经干了。

是这样的,小金说,很方便的,但是他们家请了保姆以后,就不用全自动洗衣机了,他们一定要保姆自己动手洗,衣服被子都要叫她用手洗,这样的人家就蛮坏的。

唉,红花说。

不过也有好的人家,小金说,那样的人家就拿保姆当自己家的人一样,同吃同住都是一样的。

唉,红花说,碰到这样的人家就好了。

你们干吗一定要做保姆呢?小金说,可以做的工作很多的呀。

哪里很多?红花说,要么就是饭店的服务员,要么是舞厅的什么,那样不好的。听说做饭店服务员就要陪客人喝酒,做舞厅就更那个了,我们不会的。

我们不会喝酒的,秀珍说,再说,那样名声也不好听,我们不做的。

这倒也是,小金说。

他们站了一会儿,又看了看其他的招聘广告,一时都没有说话。又过了一会儿,秀珍说,你现在在哪里呢?

小金说,我仍然在工地上。

工地上不要女人的,秀珍说,是不是?

是的,小金说,其实也可以要的,比如做做饭,打扫打扫卫生,现在我们的工棚里,就像是猪窝狗窝,走进去臭烘烘的。

嘻嘻,红花笑了。

烧饭打扫卫生?秀珍说,你想得蛮美好呀,等于是请保姆了,打工的人再请保姆,不可能的。

是不可能的,小金叹息了一声,说,我只是想想罢了。

嘻嘻,红花又笑笑。

这样你们就能和我在一起了,小金说,我就能天天看到你们了。

秀珍看了看红花,红花的脸又红了,你看我干什么?红花说。

我又没有看你,秀珍说。

其实也蛮好的,红花说,你们许多人是吧,许多人凑起点钱来,也一样的呀。

小金兴奋的情绪突然有些低落了,他叹了一口气,说,可惜我要回去了。

干什么?红花说。

我要回去了,小金说,我要回去了。

是不是,红花看着他的脸,是不是家里,家里人有什么事情?

唉,小金说,我要回去了。

你还来不来?

我,小金说,我要来的。

你还要来的?

要来的,小金说,我喜欢这里的。

可是等你再来的时候,秀珍说,这里都不一样了。

是的,小金说,我晓得的,肯定都不一样了,但是我仍然要来的,我仍然是喜欢这里的呀。

这时候,装家具的卡车从他们身边驶过去了。